覃合理詩歌集

覃合理／著

上

自序

為什麼要寫這麼多首詩？
我每天
都在為人生的目標奮鬥
只要我寫得不錯
就有許多朋友們承認我
只要我走的路是對的方向
鼓勵的也許是鮮花
支持的也許送上水果

無論我能寫多久
總難免索然乏味
寫作的苦澀也只能自己承受
期待有一種永恒的快樂

儘管我常把生命的意義
和做人的道理寫入詩中
讓生命輝煌的度過
但是我期待有人能了解我
寫詩的用心
是為了讓迷惑的心
改成知足的快樂

目錄

第 1 首 . 人生

人生在不斷的希望
和期待中渡過
希望像是美麗的
方向和指標
它鼓舞著我們前進

期待
像是一個美麗的夢想
有著像甘露一樣的甜美滋味
它有一種神奇的力量
牽引著我們渡過
每一個失望的日子

它像是我們最好的伙伴
不斷的給我們夢想
陪著我們
在那等待好久的日子裡
終於把夢想實現的愛人

第 2 首．等待

有一種喜悅和憂慮
佔據了心靈
他是那麼不安
不安的心情
藏著喜悅和期盼
他是那麼期待
期待著那一天的到來

不管是喜或憂
好和壞
總是要面對和接受
接受著每一次的人與事
地和物面對著它的到來
到來的時候
坦然的面對心平氣和
好的不驕傲壞的不氣餒
只問耕耘不問收穫

收穫是人生漫長的等待
它是一種動力
是生命的泉源是生命的意義
等待的日子是幸福的
生活中有了它就有希望

第 3 首 · 母親

媽媽啊，妳是多麼的慈愛啊。

在妳的生命中，妳把我當成比妳自己重要的人。把一切的愛都給了我。

妳常給我穿最好的，吃最好的，妳總捨不得吃好一點，穿好一點。

當我害怕、受傷、生病、失敗的時候，妳常擔心、惶恐的照顧我，鼓勵我愛我。

小時候，不管我有多不聽話，多調皮，妳總是滿滿的慈誨，教育著我，原諒我。

我常頂嘴、敷衍妳、冷落妳，覺得妳什麼事都要管，很煩。

只想離妳遠一點，躲著妳多一點，妳卻一點也不傷心。

長大了離開了家，妳總是分分秒秒的惦記著我，掛念我。

我卻沒能報答媽媽妳，於萬分之一。

我是多麼不孝啊，想起妳的辛苦，還有像海一樣深的母愛，不禁讓我流淚啊。何時才能報答媽媽妳啊。

我深刻的覺醒，孝順妳，才是

我人生最重要的事，沒有媽媽妳，怎有今日的我。

第 4 首．晨思

農祥晨正夏冥想
祥韻初期正勝響
晨素索居讀書樂
思好友到論平常

第 5 首 . 休息

無事一身輕
心靈的空虛像是寧靜的痛苦
懷念過去、埋怨現在、操心未來
不停的重覆著
人生本來
就是不斷的創造和不斷的
遺忘
運轉不止

上天給了我們希望
他用睡眠解決了
我們的空虛和寂寞
休息並不是躲避繁忙的工作
休息是為了走更遠的路

享受你的生活
請不用跟別人比較
我什麼都有也什麼都沒有
但是我卻不必去煩惱
有和沒有的生活
好好的休息放下一切

只有暫時停止
勞力和智力的磨損
才能獲得全部的愉快
用心感受

（繼續第 5 首．休息）
像站在高處才能看破一切凡塵
唯有休息才能
等待下一次挑戰的開始

第 6 首. 問君能有幾分孝~
（詩歌未譜曲）

朝朝暮暮停不了
慈愛應知比天高
歲月短暫留不住
知恩圖報盡孝
要趁早
父母一日一日老
關心父母常問好
問君何時能盡孝
莫負一輪明月慈暉照

第 7 首．金錢

能力和聰明才智是否就是以金錢來衡量？

有的人天生就有錢，只會花錢，有的則是幸運兒有偏財運。

另外有的則是不循正道詐騙來的錢；有犯罪搶奪來的；偷的；有經濟犯罪；惡性倒閉的；有犯毒的；走私的；害人從中謀取利益的；有詐賭的；不勞而獲的；貪汙的；洩密的；間諜的；從事不法色情的……

所以金錢，乃君子愛財取之有道。

循正道賺來的；有才識豐富者；技高一籌者；專力能力者；白手起家者；洞燭先機者；有土地者；有能力領導者；勞力工作者等……行行出狀元。

孫文學說：土地為財富之母，又說無恒產則無恒心。

恒產則需努力開源節流，省吃儉用。節儉是人類的美德，但比較動物也有不如，例如：螞蟻、蜜蜂及許多禽類、貓狗、野獸牠們都有存糧過冬的儲物習性，何況乎人，怎可不如動物？

錢多錢少，夠用就好，人不必當錢的奴隸，並不是說人不用努力工作，成事在人富貴在天，盡力而為莫強求。富貴於我如浮雲，富貴險中求，命裡有時終須有，命裡無時勿強求。

人生的意義也

不是只有賺錢，功名利祿行

善積德造福人類，貢獻自己也是人生的意義。

太多錢第一身心太疲勞，第二子孫太奢華，驕慢無理爭產，第三吝嗇，第四沒有慈善之心拔一毛而利天下不為也。錢多捨不得（大半）拿出來捐助行善：貧困者、災難者、青年失學者、老幼病痛者，所以金錢便失去它的意義。

（繼續第7首.金錢）

世界上有許多大企業財團個人，他們大半的錢都有捐出助人，甚至死後將全數捐出，他們才是真正人性的富有啊！

大多數人用來置產、購物，享受大吃大喝、名牌豪宅、千萬名車，或到處吃喝玩樂，揮金如土。

無論奢華或吝嗇都應大半拿來助人，因為做人的道理，就是行有餘力則以助人。人生在世轉眼成空，遺愛人間才正人道，莫留太多金錢讓子孫無理爭產，好吃懶做等到沒錢反受其害。

禮運大同篇：小康均富、天下為公，是人類的理想。

經濟資本主義，大則恒大，

造成人類均貧，財富集中在極少數人之手中。勢將造成國家負債高漲，富可敵國若不管制勢將造成國家破產，資金外逃挖空國家，失業潮難民潮引發經濟大戰；經濟革命之戰，此將使更多人受苦。

唯有改革，像孫文學說裡談到發達國家資本、節制私人資本，或是另外一種改革才能解救人類。

自古人為財死，鳥為食亡，思考人生的意義，人類哲學造極於孔孟，現代科技發達只是外在，人類還是得生活，活下去就要照人的道理過，否則就像孔子講的老而不死謂之賊了。

機器人時代將來臨，或許人類將不是人類。

第 8 首 . 道理

道理每個人都懂
每個人都很會講
每個人都不太想聽
因為自以為是
書讀很多、經驗很多，自己懂很多
根本不必浪費時間
再去聽那些老生常談的道理
但是心理又很困惑

有些惡人不講道理
橫行霸道、為非作歹、目中無人
在他們的心中沒有人性不用道理
他們活著就是來人間作孽危害世人
所以自私自利
以各種手段為所欲為
只是因緣造化弄人
因是起因，緣是結果
夜路走多總會遇到鬼
壞事做多了難逃法律治裁
缺德事做多了
總是會有不好的結果和報應
這就是因果
它是哲學邏輯的推論說
是佛家的報應說
是數學家的機率學說、等……

（繼續第 8 首. 道理）

那麼道理是什麼？他就是人性

人性本善就是道理

也有人說人性本惡

但善惡本是一念之間

長久的歷史告訴著我們做人的道理

人類只有和平相處互相尊重

各依正道而行才能久安

儒道、老道、佛道、耶道、回道各聖人之道

他們是道理的延伸和探討

當人們心靈迷惑或懺悔時就能有所開釋

道理是要不斷的去實行和了解的

而不是放在心裡或只用講而不做的理論

他是言行合一的道理

第 9 首.時間

走過歲月我才發現
時間是那麼的珍貴
失去了和擁有了
快樂的與悲傷的
曾經再回首
已是恍然如夢

快樂的時間
它有時慢慢的忽然到來
卻在不知不覺中迅速的離去
想抓住卻也留不住

時間催促著我不停的向前
為了生活、工作、家庭
責任、理想
我好像在和時間賽跑
我得到了什麼？
是用青春和勞力
換得了一份安心和幸福嗎？

歲月不饒人
人老了時間也多了
少了忙碌的日子
多了優閒的生活
像是回到了孩童時期
但多了幾分擔憂

（繼續第 9 首.時間）
夕陽無限好只是近黃昏
等到快到旅途的終點上
才發現時間是那麼公平
而人們只是一個旅程中的過客

第 10 首．人生如戲

人生像是一齣演不完的戲
看盡世間百態、嘗盡人情冷暖
舞台上總是不斷的來回表演
來回穿梭
上映著沒有彩排的現場直播

不管自己扮演的是什麼角色？
是重要的或是輕微的
都要用心去感受

領悟著其中的意義
把角色演好
讓自己也能成為
一個重要的好主角

第 11 首 . 失意

（詩歌未譜曲）

歲月忽忽轉眼過
憂愁知多少？
時遇挫折又失意
往事不堪回首悔悟中
失敗痛楚還留在
影響心情壞？
問己可曾立志行？
忽然失去一切待重頭

第 12 首．捨得
（詩歌未譜曲）

總是捨得，本是失去，多是有關連。
人生在世，茫然不知，死後一場空。
一日三餐，只是一飽，會能吃多少？
只是有得到，也是有失去，都要能捨得。

（放下）你做，（放下）我做，大家都會做。
金錢捐獻，愛心表現，你可常做到。
歡樂苦痛，生老死病，感不到哀愁。
在七情六慾，遇貪嗔痴妄，不想有束縛。

何時想開，何日覺悟，說今真做到？
不知無心，悔恨不斷，生命卻苦短。
一心悔悟，吝嗇無數，一時說不完。
在生命旅程，能放下一切，就是能捨得。

捨得一切空無物，在世界上終老。
捨得之後，不知可好？自然是美好。
感嘆人生，卻又不捨，捨得有還無？
多年後看到，一輩子做的，只是恨太少！

第 13 首 . 愛情

我渴望著愛情
我把它當作是一壺美酒
當世人皆醉我要獨醒

我又把它當做是一個美夢
夢境裡不斷的追逐
像是沒有止境的奔馳著

我的情人啊？是誰？
他像虛幻又像真實
我到底是要一份真誠的愛情
還是要一個夢幻的情人

第 14 首．想你

總是在離別後的夜裡
我才發現我是那麼想你
猶見你微笑的臉孔
彷彿聽見你溫柔的聲音傳來
在孤獨陌生的路途上
只因你曾在這裡
我才回首
曾經走過那一段崎麗的路

只因你曾在這裡
我等著
用我真摯的心
即使隔著那樣遠的距離
我依然追隨在你走過的路上
你是否想起？

第 15 首 . 現代人

現代人的生活忙碌
感情也較濃烈急迫
常聚少而離多。
然而悲歡歲月聚散忽忽
才是人生的真像
現實的生活中
完美的生命情調
看來只能令人嚮往了

忙碌是現代人的枷鎖
它限制了彼此的距離
控制著你我的行動
阻礙了人們的情感
只能偷得浮生半日閒
好好的為自己、父母、
情人、妻兒、朋友……
留下一些美好的幸福生活
和快樂的時間了

時間是最好的鎖匙
它能解開一切煩惱
但誰是它的主人
要真的擁有卻是不容易啊

（繼續第 15 首.現代人）
即使打開一下
有了一小段的空閒
也很快的會被填滿
那只有靠自己
畢竟解鈴還需繫鈴人

曾經反覆的思索著
平平淡淡從從容容
才是真實的生活
人生有太多的不如意
自己的生活要自己安排
而人生的方向也是要靠自己努力
路是自己走出來的
時間也是自己能掌握的
把握現在迎向未來
只要努力一點就有一點收穫
閒暇就像是一件美麗的衣服
但也不能長時間穿著
而人的情感
也是要靠時間來發酵來培養的

第 16 首．旅遊

走出戶外，踏上旅途，放鬆心愉快。
山林花草，溪河江海，古蹟名勝時常遊。

路上下起伏蜿轉，旁鳥獸蟲鳴花香。
天地和山水，美景與名勝；美麗而浩瀚，雄偉且豪壯，更勝
故鄉。

親友佳人同遊，共欣賞；快意在，念於遊景，樂心存，念善
幸福。

天氣自然好風采，今是風和日麗，過會陰晴雨落。
細看山川陸海，好明媚，近觀古蹟名勝美侖奐。
願曲逍遙行，自在快樂頌。

遊只因錯過，不常來；樂不在此時，待何時。
人生得意，須盡歡；莫待失意，時已晚！

旅遊樂事，共分享；伴隨天涯，遊行萬里，尋佳境。就待知音
來同享。

第 17 首．熱

他在忙碌中流著滿身大汗
頂著大太陽
做著粗重的勞力──建築工

他有一個希望
希望能多賺點錢
即使累了
仍然不感到疲憊
因為他知道
為了家庭、妻兒子女
自己苦
也不能讓家裡有一點委曲

不知是汗水還是淚水
不斷的浸潤他的身體
熱的發燙的天氣
全身濕了
太陽像是嚴酷的班長
不斷給他折磨

熱又算什麼？
他想著！
在他的字典裡
沒有倒下和疲勞
不停的工作
他希望以他的努力

（繼續第 17 首. 熱）
能換來
妻兒子女的幸福和成就

他的人生目標
就是他的子女
能成為有用的人
沒有什麼比這更重要

他想著
人不就是為一個希望而活著嗎？

第 18 首．勉強

勉強的
在現實和理想中掙扎
且不時的在~你我中爭論
或不經意的一句話
或不小心的一些舉動
傷了內在的執著
也傷了外表的自信

像外表的傷痕~短暫的痛苦
而遺憾的傷疤
卻留下厭惡的記憶
順其自然的喜悅
量力而為的動力
須要時間、環境的考驗
能想通目標的擁有
了解根源所在
才能超越一切的理想

在障礙中強求
困難裡約束
期待的行為
又怕受傷害的心理
只會帶來遺憾
失望和勉強的苦果

第19首．文章（一）

春去秋來，草木無情常
人情冷暖，得失心開放
人總是不斷的失去
才領悟到擁有的可貴
沒有孤獨和苦悶
怎寫作出歡樂與悲傷
不歷經失敗與挫折
又如何描述順利和興旺

沒有領悟，怎有靈感
胸無點墨，滿腹疑團
寫作空洞，文詞不暢
腸枯思竭，乏味異常
勉強成文，必壞文章
望作篇文，釋懷然
但無心思，費思量
拙著不良，成敗筆
自妄菲薄，寫作時壞常

今欲寫詩文采，後留餘作人笑談
若文不通達，感情何以堪

唯有多聞道，書讀還太少
望明瞭一切人事物
期知道一生情慾常
現有感而發，條理通達

（繼續第 19 首. 文章（一））
在思湧泉現，寫作當下
但無虛著，可為寫作論好見真章

一言難盡，一世良深
以文會友，以友輔仁
一篇文章，一遍情傷
當遇奇文，同欣賞
時得名書，永留常

第 20 首．追尋

高山上的日出
雄偉的如英雄好漢
一群人趕過去
往高高的山頂

白天的山風
吹落了花葉
在雲霧的叢林

山水美麗的靈氣
踏進了夢中的情境

不停追尋的旅程
向無邊的天際裡走去

第 21 首．妻做衣服

想妳靜靜的在夜裡
為我做的一件衣服
好像妳手裡
車的不是衣服
而是幸福之道
慢慢的向前
車縫著前進

車縫著我們的人生
這人生正像那衣服
為了穿到我身上
總經過了妳的針車
車縫了衣服而且
燙過了線條

把最帥的衣服給我
而碎布餘塊
總是拼接雜合
靜靜的車縫留給自己

第 22 首．茫然

不知我想擁有什麼
如此她出現了

她的笑在寂靜中展開
沈靜的夜裡她來了

但她的倩影卻模糊著
讓我決心來這邊

看她的笑又不停的浮現
像深印在我腦海裡了

如此她來了
只知我像擁有了什麼

第 23 首 . 心動

好一個心動
晴朗的日子
熱鬧的悄悄到來
家人親友的忙碌
顯現出
他們歡樂的模樣

好像他的到來
都是那樣
快快樂樂的景像
一片裡外笑聲
再聽不到任何吵雜

終於等到今天
我要常常
待在他幸福海裡
想像和他一樣快樂

第 24 首 . 人工智慧

電視、電腦、手機
無所不有的存在
平常
窄得像一間囚房
一度陷入
你只能去自閉不能向前

手裡摸索著它們
冷酷的無情
在孤獨
封閉中掙扎
眼中不見戶外
藍天和人群

這生活在
孤獨寂寞的環境下
除了走出來
還有什麼希望

第 25 首．遊覽車記事

車內歌聲，聲音難聽，五音不全，曲曲折磨煎熬，煩躁而痛苦。

戴上耳塞也難消除，魔音傳腦。

就是有些不會唱，或唱歌難聽走音的人；不顧慮別人的痛苦，把車當 KTV。且不但不會不好意思，還一直唱，一直折磨別人。

無奈我只有戴上耳機，讓自己的耳朵，暫時承受大音量的考驗，聽一些較悅耳的歌

曲，也總比聽車內，魔音傳腦的折磨好吧。

到了景點，也多是一些沒什景色的舊景點，沒有什麼看頭。

我是在消磨時間，還是在放輕鬆旅遊。

只希望，以後能自己開車，自由行。或是坐沒有吵雜、難聽歌聲的遊覽車。

和不要到沒有景點的景點了。

第 26 首 . 離愁

風吹奏出樹木的寧靜
雨彈唱著我的離愁
明日我將離開故鄉
我思念的愛人
不知道會不會來送我

我是要去那遙遠的外國
雨卻一直下不停
難道是在為我彈唱離愁

今日我來到了陌生的異國
思念的他不知道是否願意等我

風吹拂著我像是在吹奏著：(思想起)
下著雨淋溼了我也像在彈唱出：
（我等著你回來）

我來到了他國思念起父母的期望
懷念著愛人和美夢

不知他們是否也想起我

第 27 首 . 樹說情懷

身旁一邊是妻子、一邊是孩子
路上的行道樹彎著腰搖首
打著招呼
祂向妻子說：
你們很恩愛你要懂得珍惜
你現在散步在公園的草地上
你知道那幸福能維持多長時光
你先生明天將有多忙
你回去後想想就會明白

他忙得全身發燙
他流得滿身大汗不停的工作
他有多麼辛苦多深愛妳
妳要多珍惜

樹欲靜而風不止樹說情懷君能在
樹像歷經滄桑的老人慢慢的述說
生命的真愛

第 28 首 . 相愛

那天你亮麗的在郊外旅遊
悠閒而飄然自在

你原想停留在那山的那邊
和樹的一旁
你的快樂是柔美和自在
你更隨意在花草之間輕盈的漫步
有一個美夢雖是我追尋的
但在路途中點燃了我的愛情
使我歡欣將你俏麗的身體擁抱
我抱住的是美麗的夢想
因為夢不想在清晨中醒來
我要你的柔情飛越在飄然的雲彩
去更遠的彩虹裡看那美麗的光彩
我在期待那一刻的到來
也在不時的希望，希望和你相愛

第 29 首．家

我們絕對要相信彼此
相信我們的海誓山盟
我不能忘記
你那甜密的柔情
像家一樣溫暖

我要愛你像鐵一樣
堅定的心
在那甜密的生活中
建立一個家

不管刮風下雨
淋溼了我的頭髮
任憑戶外烈陽
曬傷了我的臉頰
我也要親自
打造我們共同的房子

就算有一天
你變了模樣
也變不了
我們對家的希望

第 30 首 . 詩人

一首莫名其妙的一堆文字
好像童幻又像謎猜
錯綜複雜的一篇雜文
寫的人
活潑生動快活
讀的人
一頭霧水

是誰把感傷靈感
幼稚投入了（無知）的池裡

那些無辜的泳客泡在池中
感到又是興奮又是憤怒
像得了精神病不安的游著

詩人啊
你不要再使人迷惑
解開你心中的結吧
不要再玩文字遊戲
好好的告訴我們
是怎麼一回事
簡單的事

第 31 首. 自知之明（一）

他像一座山
我是森林的一顆樹
他像黃河的水
我是河裡的一條魚
他像神祕的金字塔
我是塔下好奇的遊客

他有強健的體魄
聰慧的頭腦
在社會上事業有成
我像一個平凡的追求者
不曾有過付出和貢獻
我當他是楷模
努力的向他學習

他就像運動選手
有著強健的身手
在田徑場上飛快的奔馳
又像是老師有著豐富的學識
在學校裡作育英才

我不曾有什麼
只有自知之明
在我心裡頭存在

第 32 首．單獨

烏雲罩著天空
雨水環繞著
正醒來的時候
清澈雨珠
滴滴答答
像跳躍著跳上
大門口的圍牆

欣然的在窗邊
上只見隻蟲兒
下且看到美麗花草
外只有陣陣涼風
伴隨
不遠處悅耳的鳥叫聲

眼下自然
不爭的景色
耳邊清翠悅耳的聲音
心裡想著家鄉
父母慈愛的笑容

好感動
靜靜而安詳的快樂

第 33 首 . 夏

烈焰的太陽
橫著臉兇狠的
向下瞪著

操場上一些小朋友
熱得氣喘噓噓
一陣南風吹來
他們臉上才有一絲舒展
彷彿痛苦才稍有減緩

南風是焚風？
啊！火燙的地表
引起熱對流又下雨了
雨中一群人跑著
熱熱鬧鬧躲了起來
不久他們就擦乾了身體
大聲的喊著熱昏了
原來夏天來

第 34 首 . 形容詞

三句話離不開
一句形容詞
像是現在我在寫
寫得很慢
又有時想不出所以然
有什麼方法
可以寫得好一點

用什麼自然的寫法：
有比喻、暗式、像徵、擬人化……等
人總擺脫不了文詞的誘惑
想藉一些美麗的詞藻
掩蓋空洞的心靈

只有靜靜如憚跳脫華麗的羈絆
言中有意、文中有義
平常陳述
像知己只可意會
陳述真實世界
寫真人生本性
褪去華麗外衣
奔向純真的自然

第 35 首．你我之間

你時常把笑容 在嘴角
我時刻深印在我的腦海
你屢用想像增加一點幸福
我讓時間證明我對你的心

若似曾經的庭院
我們共同攜手
含情脈脈的相視
然後你說：
別因時間改變了環境
我們自己
才是時間的主宰
你我之間存在的是
相互的依靠

第 36 首 . 想起

在夏季的清晨
漸漸地想起以前的日子
想起我年輕時的一個夏天
在山林裡往山邊
慢慢的走去
山林邊朝陽漸露
而我穿著簡單輕便
我記得那滿山的芒果
浮雲遮去了的天空
還有悅耳的鳥叫蟲鳴
在難忘的美麗山林

第 37 首．同台

或許是哭泣微笑
過著生活

人生本是一場戲
當出生後
就必須哭泣著
來演出最無知的一幕

請你靜靜的觀賞後
再回想起
我終生所做
歷經的人事物
或許失敗成功
不論歡樂悲哀
當曲終幕落下
我會榮幸曾有你同台

第 38 首 . 歌唱

小鳥你的前世
可能是歌星
不然今生怎會
唱得如此悅耳動聽
在天空自由飛翔
在地面上活潑高興的跳躍
像在唱著動人的舞曲

是誰在編作著樂章
他的情感
像流水般的
流了整首歌唱
輕柔的、高亢的
哀怨的、喜悅的……
不停的傳唱

我陶醉了
在那如天籟之音的夢鄉
那歌聲使我聽了一次
就算再大的怨
也冰融不見了

今天我要歌唱
學那演唱者
把心情開放

（繼續第 38 首.歌唱）

歌星偶像

他的歌聲舉動

佔滿我的希望

我希望

無憂無慮的歌唱

第 39 首．美夢惡夢

在夢境中掙扎
在變幻中沈醉
惡夢美夢輪迴
如夢醒一場空

平常裡的經歷
腦海中的影像
墜入夢的網裡
難逃它的陷阱

經過才知夢想
夢過才知一場空
人不能常做夢
實際理想要把握

第 40 首 . 讀詩

七情六慾的雜念
平淡乏味的人生
在如夢如幻般的
美麗中
像料理出的一道美味

不如意的遭遇、刻苦名心記憶
落在詩人手裡變幻出新詩句

讀一首好詩、寫一篇心情
看看自己、想想親友
改變自我、感動他人
為現在寫下一篇可讀的詩

第 41 首 . 知音

舞台上有一個女孩
唱歌跳舞自然自在
聲音柔美悅耳動聽
歌曲感人詞調優美

唱歌投入感情流露
至情演歌如臨曲境
台下觀眾如痴如醉
傾聽歌曲感動欣慰

願為歌迷追星來會
知音難尋知己難求
一時知音一世癡心
不停追隨能慰我心

腦海中不停浮現輕舞飄然歌聲美妙
表演生動的畫面天上人間
何處能求
向知音致上敬意

第 42 首 . 菜賤傷農

假日在家休息
在菜價便宜時
多吃了些青菜
問了老天~
「他說：風調雨順」
問了農民~
「他說：歡慶豐收」
問了菜商~
「他說：薄利多銷」
問了民眾~
「他說：樂省荷包」
表面上皆大歡喜
實際上暗藏玄機
經濟學說：
「產銷失衡、沒有規劃、
缺乏輔導造成供過於求
也未盡力拓展外銷」
造成菜賤傷農
無知的我們
問了老天
是否也要問問老子的：「無為之治」
或是要問自己：「自求多福」

第 43 首 . 家裡的父母

家裡的父母
總是等在家的門口
家永遠是溫暖的
等著我回來

天還未亮
我的家的電燈先亮
一陣陣炊香
從廚房裡飄出
豐盛的早餐
還有媽媽的味道
傍晚父母
總不忘打通電話
親切的問候

媽媽的叮嚀
爸爸的囑咐
連篇長的說了一串
家裡的父母
總是溫柔慈祥的
等著我回來

第 44 首．似曾相識

人生若能重來
時光真能倒流
那麼我的理想
我的人生會是什麼

假如妳是山中
採茶的姑娘
我願是
你手中的那株茶葉
如果我是
在海邊玩要的孩童
你就像我手裡的一把沙
玩弄著堆疊出
可愛的玩偶

我願我們曾是情侶
我必是愛妳最深的人
溫柔的陪伴在妳
一段快樂的時光
原來現在相遇
總感到似曾相識
但又很茫然
像曾經存在的過去
無法想起來的記憶

第 45 首 . 興趣

我喜歡的興趣也不多
晨起醒來時書桌上的書本
客廳裡播放著的音樂
牆壁上掛著的美麗圖畫
牆角邊上靜躺著的藍球
但騎車在風景區中
是我的最愛了
它雖然風吹日曬但心情愉快
騎著、走著在山林在海邊
看著風光明媚、聽著蟲鳴鳥叫
輕飄飄而自然、快活優閒
娛快而自在

第 46 首 . 低薪的苦難

低薪傷國、傷民
在國內低薪難以生活
大多人想出走
到隣國賺取正常
（較高）的薪資
以求生存

曾是四小龍之首今居末尾
曾是意氣風發，現落漠消沉

在快速發展中延遲
在升級過程中停頓
走錯方向：拼代工、拼低薪
拼產業外移
永遠在困境中掙扎

壓低工資
引進外勞
商人謀取超利潤
慣老闆數十年間
獲利多數倍
勞工薪資
數十年卻如同一日
低落倒退沒增長

（繼續第 46 首.低薪的苦難）

薪資低於四小龍數倍

而物資物價卻和隣國差不多

人民只有更困苦

國家只有更落後

盼有賢能者

能救低薪莫使國人

憤棄走他國

第 47 首.一片心

即使天和地
隔著難以窺探的距離
而天空也能看清
地上的美麗
他們是每天
依偎在一起

一望無際的海面
回首曾在的海岸
心中波濤洶湧
雄偉的高山
濃密的森林中
藏著我們神秘的戀曲
而天空的雲朵
有時也會露出
會心的微笑
他們相識相知
像知己般的遙遙相望

我願像天一樣高
是你在拉開的
一個距離
我的心情是寂寞複雜的
像迷途的羔羊
假如我有伸縮鏡頭
我會將天地縮成一片城市

（繼續第 47 首.一片心）
而我找你
就像在前後左右的方向
在一轉身就能找到你

第 48 首 . 如夢

如夢般的迷失、夢一樣的過去
像夜裡的沈默、夜裡的迷茫
走在熟悉的路上不停的追尋
我不知這樣的日子過了多久

雨不停下著在夜月裡
霧迷失在夜的懷裡
停在眼前的景像
是沒有色彩的圖案
像一幅畫平淡無奇

街道的路燈在遠遠的看著我
像夜裡明亮的星星在探望著
黑壓壓的馬路
像雙光亮的黑皮鞋
我的腳像穿著他，慢慢的走著

公園的花草有著寬闊的胸懷
我痴痴的走著一步又一步
在個熟悉的亭子裡慢了下來
像是走過的回憶
因為我想起
妳曾在這裡等著我

第 49 首．不的用法

不
是一個美妙的拒絕
是要說出的一句感慨
要做出的一個反對
要反對的一個藉口

像以前
記憶中的往事
我不會忘記
在每一個相聚的日子裡
你總是溫柔的微笑著
說出我們不能
常在一起的感觸
要不是
有家裡的反對
反對著我們年齡的差距
那怕是一個藉口
也不能阻止我們的相愛

偶然的重逢
不時在我腦海中浮現
不能說出的話
不敢做的決擇
不認同的一個反對
在無知的藉口中分離

（繼續第 49 首. 不的用法）
必不能放棄
這個挫折的戀曲
不說出心裡堅定的愛意
怎能有幸福和美滿
不管任何的反對
都無法動搖我對你的心
不論任何藉口
也不管任何阻撓
我都不能離你而去

不
它是一個美妙的拒絕
它是一朵美麗的花朵
開在每一個人的心裡

第 50 首 . 一碗泡麵

它在我平常的日子裡
陪伴著我對我不離不棄

它有著樸素秀麗的外表
內在裝著溫暖的愛意
它的姿色迷人而清純
有著一股迷人的清香
它給人的感覺是熱情而溫暖
有著像媽媽的味道
美妙的滋味

簡單而清純是它的特色
像一位少女嬌柔而羞澀的
等待著真命天子

像白雪公主
期待幸福美滿的日子

揭開它的頭蓋（碗蓋）
打開它的心意包（調味包）
注入熱的愛情開水（泡三分鐘）
等待美味芳香的人生

這就是它小小的心願
它是一碗泡麵
像明帝朱元璋回憶的

（繼續第 50 首.一碗泡麵）

一種幸福的滋味：

「珍珠翡翠白玉湯」

找不到的只能慢慢的體會

第 51 首 . 希望

希望人生可以
過得很精采
生活也可以
安排得很快樂
只要自己努力

我可以放下一切束縛
摒除任何雜念
使我一無長物
然而只要能堅持

我將用心思考
把每一個困境解除
讓歡樂留下
除了已失去的過去
我希望
希望能成真
希望能有希望

第 52 首 . 我想

我正想如何避免失敗
已然決定了的目標
就只能勇往直前

我常想如何能得到機會
當然需要有計劃的去努力
就有希望解決一切的困難

我很想有幸運和順利的環境
當然一切只是夢想
現在只是平淡和失落的生活

我回想以前是順利還是困苦
現在只要能知足惜福
未來的一切都會順心如意

第 53 首．老年生活

自從年紀漸長以後
我的日子是平淡而優閒的

我常是早晨起運動、黃昏裡散步
每天走在大自然的胸懷裡
站在高山上哼著未成曲的小調

唱啊
四下無人不怕荒腔走板
想在腦海裡的是
歌唱中的歌詞

聽著
大自然的聲音
悅耳的啼鳴像天籟的傳唱
我深深感動自然的雄偉
舒暢
這人生平淡得、自然而任性

第 54 首. 離別思念

樹憂愁的揮手道別
風緩緩的吹著
他的離愁
在樹木和樹葉之間
曾經那麼不捨的離別

而風帶走了我們的思念
任我們歷經滄桑
卻難以相見

儘管微風輕拂過時
帶來舊時的懷念
仍然無法找回
我們彼此的思念

第 55 首·靈感

靈感飄遊四處
逛在熱鬧街頭街道上
有許多奇妙的色彩
耳邊傳來一首輕柔歌聲
心裡想起一件未完的創作

把靈感抓住
放在柔白的紙上
在潔白單純的
空格裡埔入

靈感的果實
是滿山的果樹
生長茂盛
在盛夏的雨季
當靈感的果實
塞滿人們的手裡
他將滿意而來
為你寫下一首
美妙的好詩

第 56 首 . 田野之道

（詩歌未譜曲）

走在田野之道，我帶相機來到
紅花嬌羞媚笑，彩蝶翻飛舞蹈

青蛙跳著呱叫，候鳥歌聲繚繞
一步一步來到，散心欣賞拍照

一聲一聲聽到，我心情多逍遙
看夕陽無限好，徘徊時黃昏到

第 57 首 . 摘花

滿園飄香藏不住
抬頭探望低頭想
只因美景滿庭芳
滿心歡喜大自然

走出戶外來，摘下花欣賞
還想寫首歌，唱出新希望
只是歌難寫，寫了少一行

第 58 首 . 選擇

假如富貴與快樂
只有一種選擇
一時的富貴失去永久的快樂
那麼就讓快樂回到我身邊

讓富貴於我如浮雲
一時的所有富貴榮華
轉眼如雲煙
讓我深刻領悟
所有一切的虛偽

我要平淡
像與世無爭的人
與富貴別離
完成人生所要走的路
然後再從心所欲不逾矩

第 59 首 . 讀詩有感

最近讀了一些詩
心裡沒有欣然感
反而感到點落寞
不知詩人的心思

詩中有些不真的感覺
像抽象畫奇怪的圖像
詩是給人讀簡潔靈感
就像畫讓人看到真實

我在詩中讀到
很多不相干的
人事地物話句
偏了歪了不明

感到莫名其妙
讀了索然乏味
詩自古表達人生
寫現代人的感受

把對人生真善美
表現在詩中意境
不是像老生常談
也不能言之無物

（繼續第 59 首. 讀詩有感）
把感受真誠呈現
用心思傳承人生
自然真實不虛假
明白寫詩留世人

第 60 首．走過歲月

走過歲月我才發現
歲月的每一道痕跡
慢慢的爬上臉龐
皺紋在額頭上刻滿滄桑

走在無助的歲月中
只有冷清和孤單
徘徊的街頭
也早已窗戶緊閉
路上飛揚的白髮
掀起失意的波浪
月光下模糊的視力
已看不清方向
前程一片茫茫

我無奈的感慨當初
背叛的理想
匆匆走過的人生
那麼多曲折那麼多失誤
任由秋風吹過枯葉般的凋落
蔓延到我心田已是荒煙蔓草一片
彷彿是歲月的無情時不待我

回到一望無際的田野故鄉
放下不切實際的思想
和過多的慾望

（繼續第 60 首 . 走過歲月）

把心境變得平和

留下真誠的心願

讓我的背影保持堅強

讓人不再看到我憔悴的模樣

拿起以往被擱置的鋤頭

在歲月的深處植入最初的幸福

開墾著人生的理想

使我的智慧在歲月中增長

第 61 首．與妻同行

走在擁擠的人群中
熱鬧街道滿是商品
看著商家、攤販林立
道路擠成一條小河
路口的水果攤、街角的菜商
在奮力的叫賣
街道中的人群緩緩前進
仔細挑選，慢慢的逛

今天是星期六
我的心也隨著這熱鬧起舞
我在等妻子挑著衣服
她喜歡逛街、喜歡熱鬧
像孩童
看見喜歡的玩具
在那流連忘返

中午吃著買來的便宜疏果
心中有一份滿足
今年是個豐收年
苦了農民、樂了果菜商、便宜了大家

下午到綠意盎然的森林
享受一夏清涼
在稀疏的人群中走著
看到路邊的涼亭

（繼續第 61 首. 與妻同行）
擠滿著一家家的老小
在那乘涼話家常

走著腳也酸了、口也渴了
想找一處坐下來
卻找不到好的位置
路邊的樹下寬闊的林邊
只要有樹蔭就有人潮

我不禁問了妻子
這人們是來散步運動
還是來那涼~消磨時光
妻子微笑的回答：
「人來山中走，路在山裡繞
路是人在走，山是路在繞
休閒給人閒，閒人在休閒
不是清閒時，沒有人清閒」
妻子的話聽著還挺順耳
心裡真是感動

第 62 首 . 喝酒鬧事

原來他是為了
發洩他的不滿
逃避他的空虛
才會一再喝酒
他被工作的壓力
生活的苦悶　壓迫著
他更沒想到一醉之後
心情會更煩躁

有一種感受很害怕
但卻很生氣
那是他喝醉時的
藉故發飆
儘管不想理會他
怎麼也控制不住
他的無理取鬧

有一種感覺很不安
但卻很厭惡
若問他為什麼
常喝那麼多的酒
他也沈默不答
但酒醉之後
使他神志不清喪失人性

（繼續第 62 首. 喝酒鬧事）
我不敢奢望他會早日戒酒
只希望他不要藉酒發洩鬧事
或許當他酒醒之後
會發現藉酒澆愁愁更愁

人生是要好好面對著
不是用喝醉來逃避發洩的

第 63 首 . 付出

有一個希望的開始
就能使我更加的努力
像春天的花朵
迎向溫暖的太陽

展開的是我不斷的努力
快樂的像你燦爛的笑容

在一起努力的日子裡
分不清什麼是歡笑和痛苦
只要下定決心要做就要做好
能有多少付出
希望就有多大的收穫

第 64 首．共同努力

我想或不去想事也一樣存在
發生了無法改變
你看或不去看也那樣的失望
失落了難以忍受

我曾努力不懈成功就在眼前
不遠不近
你也付出心力希望就在手中
美夢即將成真

我們共同奮鬥
或許讓我改進也讓你反省
默默了解才有機會
再做一次的付出

第 65 首．一個畫家

是想像或是實際
一個靈感從腦海中浮現

如夢幻般的美景
畫出一幅美麗的圖畫
描畫實際的景物寫實逼真
手繪想像中的影像天真自然
像詩人對景色描寫如臨其境
把意念化為實景就創作出了圖畫

這一幅畫
就像沒有文字的文章
只可意會不可言傳
那一些抽象畫
全是畫家心理的掙扎
要把圖像表現得隨意任性
就讓他像小鳥自由飛翔
誰也猜不透
一個畫家腦海中偉大的構想
而奔騰澎湃的影像
就像在眼前浮現出

第 66 首 . 街頭藝人

伴隨著歡樂的樂曲
舒唱出悅耳的歌聲
城市的街道表演
吸引行人的駐足圍觀
欣賞精采的演出
留下歡樂的時光
即興的表演
歡唱悅耳的歌聲
生動活潑的雜耍
奇妙迷惑的魔術
接受了金錢和掌聲的鼓勵

他又彈著吉他對路人歡唱
他能唱出悅耳的歌聲
表演美妙的舞姿娛樂人群
忙走了一天
帶給人們不少歡樂

而他自己的人生
卻使人辛酸
一把吉他伴隨他
為了生活到處流浪
一首首的歌曲
唱出他內心的感傷

第 67 首．喜好

我有一個喜好
喜好書本中的文章
我喜好它的清純

世上少有這樣真實的創作
在春意盎然的清晨
孤獨暗淡的黃昏
在田野山林間的景色
都能在書中呈現
山林邊的花草芳香
田野裡農夫的辛勤
旅遊時風光明媚的景色
千里故人的思念也盡在書中出現

我有個感傷的回憶
懷著一個破碎的心靈
走在山野的枯草上
感嘆人生的無常
人生的激情與落漠
我也曾感動
也曾忍受
有時夜空的星星
也能感受我的孤零

（繼續第 67 首．喜好）

我坦然的接受、真誠的面對

坦白的寫在書中

不管人生是好是壞，生命是長是短

在書本中我都將寫下真實的一頁

第 68 首.大自然

我不入山不知山的雄偉
不渡海不明海的浩瀚
不在風雨中難行
不能體會風雨的無情

在那深山睿智的修行者
在海中飄流勇敢的漁夫
在風雨中展翅的雄鷹
在平靜幸福生活中的我
給他們祝福
給大自然一切美好希望

我由衷的敬佩
慶幸在天地之間
有大自然靈性的光輝
我在歌頌欣然唱出
宏亮而喜悅
天上的星群閃爍睜亮雙眼
也在為他們祝福
看到流星飛過~許下心願
夢想大自然~永恒而美麗
在悅耳的歌唱中
增添了無數個希望

第69首．寫在當下

寫了悲哀，想起感傷
高歌起舞，寫下快樂

寫起思念，朝思暮想
怒氣難消，寫出憤怒

有趣人生，寫得輕鬆
糊塗一時，難得糊塗

生活空洞，索然乏味
只是知足，不知煩惱

第 70 首 . 生活

如果生活得自然自在
過去的一切都成追憶

有時我會想起
你燦爛的笑容
再聽到你溫柔的聲音
這些影像就像在眼前
這些記憶都一再出現

因為你曾在我的生命裡
現在只是距離的阻礙
而有一天我們會快樂自在
像過去一樣的幸福

第71首．小雨

在小雨的時候
有時也會想到外面走走
給雨刷洗過的泥路
會是清新和舒暢
滿是塵垢的路樹
也終於吐了一口怨氣
雨滴像情人
滋潤著愛的花朵
綻放出愛情的美麗
池水中的小魚兒
在雨的伴舞下
自在閒遊

到田野走走在小雨的時候
拿著傘與你共同攜手
踩著青春涉過小溪
走向自然、走入林園
看小溪活潑流向快樂

看山林飄著雨
掛著顆顆雨珠閃亮的禮物
看林間洗去凡塵換了一身新裝
小雨時的景物
也像心裡洗去的煩憂
心情的放鬆在小雨的時候

第 72 首 . 關

鳥兒自由飛翔
自在快樂、無憂無慮
如今在籠中像關了自由
貓狗生性活潑
隨興跑跳跟人親近
現在籠中像關了活力

自己不擅交際
生性孤獨
把別人關在門外
把內心世界關了起來
像是把自己
關在一個小空間
把別人關成一個大世界

轉開生命迎向光明
打開人生走出戶外
開關之間循環不止
開的時候長了光明的日子多了
關的時間久了~消沈的生活長了
開關之間~希望~在調整
開放不停~不知節制
關閉封鎖~故步自封
關了自己~也關了別人

第73首．思念

我喜歡思念
喜歡刻苦銘心的思念
思念就像~情人
每天準時送來的一封情書

我喜歡上美好的思念
同時也喜歡痛苦的思念
讓思念天天都有不同
同時希望思念
每一天都是美好的事

思念像陌生人
使我快樂又讓我煩惱
讓我離開思念
離開後我又想回到它的身邊

思念像一對鳥兒
我的心就是他們
來來回回的家
思念像我手上的手環
讓我能把握現在
留住希望

第74首．微風

微風吹來它無聲的
來到我身邊
屋外的天空
畫著繁星點點
閃爍著夜的光輝
微風吹來了涼爽
靜靜的我沉思起來

失眠像一輛
長長的列車
緩緩的行駛在
睡意的路上
載著我的失眠
從這一站到下一站
在很遠的終點站裡停下

我在夢鄉裡徘徊
微風吹來~它輕輕的
陪著我沒有一絲埋怨
沉睡在我的夢裡

我在睡夢中彷彿見你
像微風般輕柔的微笑
還有你飄在微風中的髮絲
然後低聲的喚著我~醒來吧

第75首．回鄉

我常走在山水海邊
想著家鄉的一切
不論走到何處
我都不忘家鄉
沒有一個地方
比得上家鄉的親切
沒有他鄉的故知能安慰我
思鄉心切

因為我的背包裡
滿是家鄉的思念
我的父母來自
另一個地方
我卻找不到祖居所在
和他們所住的故鄉

對父母來說那是歡欣地
對兒孫來講
這是祖先的故鄉
不論家鄉故鄉
我都要回去那看一看
住一住

這是我的願望像
人要飲水思源一樣
心存感激
來自父母祖先的一切

第76首．夕陽

夕陽下多美~在黃昏之前
我走在一片翠綠的草地
看著多采多姿的花朵
迎風搖曳
夕陽多像
在這美麗風景中的一幅圖畫

海邊散布著遠方
零零落落的漁船
遊客稀稀疏疏來來往往
這是個美麗的鄉村

廣大而遼闊遠到天邊
人們優閒的生活
散步和聊天
這也是個
自然美的鄉下
一群鳥兒自在優遊
任意遨翔
在夕陽像一幅
安靜的圖畫

第 77 首 . 想寫什麼

在每天的夜裡
我總是想寫些什麼
一個人靜靜的沉思
數不清多少感傷
我在思索
如何把靈感用文字呈現
我在寫要在自然中
把感情流露
我在回憶
在年輕時的快樂和幽默
把愉快的心情重新找回

我得反省當下
潔身自愛心平氣和
把失意、失落、收藏
收拾起來
加入純潔~單純的熱情
我要老老實實
用經驗寫出是非
在做人道理方面
留下一些見解

我得在夜裡寫些什麼
一個人靜靜的想著
我得寫下一篇文章
表明我的人生
不是空白的

第78首．基層工作

生活在基層
和一群工人在一起
他們看我不特別、不起眼
像是做不出什麼大事來的
我也感到是如此

至少和他們在一起
我不得不佩服
他們的刻苦耐勞、自給自足
當工作是一種奉獻
犧牲個人精力，換取家庭社會的滿足
星期日，他們不休息工作著付出勞力

我有休假
我是他們服務的顧客
是他們賺取所得的客人
他們休假的犧牲~
被時間的束縛
到處都是勞工的工地
到處都是基層的無奈
為生活的壓力所壓迫
為生活的幸福快樂所努力

我有種失落的心情
為什麼工作總壓迫著
基層勞工

（繼續第78首.基層工作）
這裡好像一個生活的工地
人們進進出出都是為了生存
我看見了各式各樣的人
在裡面忙得手忙腳亂
我也從人生的工地裡
找到了自己

第 79 首 . 快樂時光

快樂時光再度來臨
我的心有多期待
心裡不時想起你
歡笑的臉龐
因為你帶給我們
許多歡笑

那時我們之間
有許多的快樂
之後生活會過得逍遙自在
而回首往事、美夢成真

快樂時光又再度來臨
終於你又走過來
滿臉的微笑
美麗又大方
年紀有些老了
但相貌清秀
穿著時髦
打扮美麗大方
像一朵盛開的玫瑰
帶著綠葉而芳香

面對人生
快樂的日子
你仍然充滿真誠和期待
快樂時光又將再次停留

第 80 首 . 書生

崇拜英雄、嚮往古人
翻閱不少、偉人傳記
一片赤心、一念真誠
多少歷史滄桑化作塵土

身上流著祖先的熱血
在人世間闖盪
誰願屈居人下
褪去舊布衣，志在青雲上

雄心壯志、書生本色
歷史重演、重蹈覆轍
到如今視茫茫而髮蒼蒼

到黃昏的秋天沒了去路
這個舊歷史陪伴你
空守了一生的書房

第 81 首 . 表演

唱著輕柔動人的歌聲
在舞台上發光
跳著美妙輕盈的舞姿
在眼前飛揚
像天上的彩鮮艷美麗
像海上的浪花隨風起舞

可愛的小雨也來觀望
帶著閃亮的雨珠撒下一陣祝福

人們的熱情像太陽
把喜悅的舞台照亮
燃燒的熱情照亮了你我的心
也照亮了表演者的用心

第 82 首.連續劇

衝突的情節引起妻子的好奇
每當空閒時她總喜歡
坐下來專心的看著電視
找尋喜歡的連續劇

像學生乖乖的坐在教室上課
一臉專注的表情
有時我也會陪她看一下電視
大部分時間我都會走動一下
或是去看書
我總會問她一下劇情
她有時也會精彩的說明
有時則粗略的描述
像是只能意會難以形容的樣子

她的情感、夢想彷彿走進了
劇情裡的時空中
而劇中人物也像活生生的
走入她的內心世界

她不能了解劇情的發展就像她的人生
在期待和失落中徘徊
有時感動歡笑、有時悲傷憤怒
她把生活中的不滿寄託在戲劇中
也把夢想託付在劇情裡

（繼續第 82 首.連續劇）
我不常看連續劇，因為我不想
被束縛
不想被干擾我單純的心
除了歷史劇真實的歷史教訓
其餘我都很少看
連續劇也是一個有主題、有教化的
節目只是在於個人喜好不同
而有不同選擇

第83首．白手起家

果決就會相信
白手起家的我們
用自己的雙手創造未來

在浩瀚的人生
我們看見微弱的燭光
那是光明的希望
凝聚一種溫暖的動力
朝向朝陽與未來
努力的目標

我們前進著在坎坷的路途上
有如行逆水行舟不進則退
堅忍的毅力、果決和自信
凝聚了今天的努力
在全力的奮鬥下白手起家

第 84 首 . 導遊

我從遠處歸來
摻雜各種心情
回到故鄉
我盼望著
在家的溫暖下
熱絡我孤寂的心

我是流浪的遊子
而我真正的希望是
遊遍四方
在世界各地都市和鄉村
山上和海邊
各處風景的旅遊勝地

我看到各種新奇的事物
看遍各地優美風景
也看盡各國
不同的風情和人情冷暖

我的工作是旅遊的嚮導
不同的旅途中
有不同的感動
讓我從此愛上
每一趟的人生旅遊

第 85 首 . 佳節到來

在這個屬於節慶的日子
我們在祖先廳前祭拜
真誠的獻供以禮敬拜
在禮節中點燈燒香
默念敬詞祈求平安
求祖先福澤多庇蔭子孫

在節慶佳節時
全家團圓談笑歡樂
記起古人的歷史光輝
說起祖先言教家訓

今天更讓人快樂
在那麼多的日子
每逢佳節倍思親
使人期待和興奮
在相聚時暢談言歡
然後兄弟姐妹舉杯
與父母互敬
在夜中影下陶醉
孩子們也嬉笑玩耍
在追逐中不斷遊戲
父母含貽弄孫、安詳慈愛
叮唸家常
夫妻訴說情懷含情默默
一家老小幸福美滿

（繼續第 85 首. 佳節到來）
這天倫之樂和樂融融值得慶祝
所以每逢佳節我們更加興奮
也慶幸家鄉父母健在
兄弟姊妹常來
這是值得慶祝的佳節
期待每個佳節到來
都能快樂自在

第 86 首．豐收

疏果一袋一袋的搶收
一大堆的堆放在園內的空地
風雨前的寧靜
農民忙碌的搶收

分不清是汗水或雨水
止不住內心是喜是憂
全部的心血在此一搏
剩下的只等載去果菜批發市場
市場供過於求市價崩跌
夾雜著淚水與雨水
而內心憂慮不滿
辛苦百忙一場空

這是慶豐收還是種太多
沒有銷路，外銷不通
謀略失策，付諸東流

原來是豐收，變成了賺少賠多
靠天吃飯，辛苦耕種
命運捉弄，出路不通
人事已盡，錯已鑄成
只能聽天由命
等待下一季的好運
下一次的訣擇

第 87 首 . 理還亂

在漫長的靜夜裡
有一個夢陪著我

寂寞空虛的心靈
藏著思念的感情

在生命的時空裡
總有失意和落漠

難以替換的心情
只因多情的束縛

心是解不了的結
情感不斷理還亂

第88首．七夕情

每見妳更增一分情義
常想妳又添幾分愛意
總是聚少離多的日子
無奈相隔遙遠的距離

常相望不能相守
空回憶往日情意
時間分離了我們的相聚
空間阻礙了彼此的距離

在等待的日子
歲歲月月年年
心苦苦思念的時刻
朝朝暮暮分分秒秒

只為再見妳一次
再傾聽妳的呼喚
不怕別離後的寂寞
分手時的悲傷

只希望剎那能成永恆
美夢能成真
猶是情人自古夜長夢多
今月正圓今夕日久生情

（繼續第 88 首. 七夕情）

每逢佳節倍思親

屆至七夕更念情

不知人間知己幾時有

不如天上牛郎織女

情侶每年一聚

第 89 首 . 記得

人永遠能記得
以前的教訓嗎？
人的記性
實在太差了

能記得什麼是
人生處世之道？
能記得如何處理七情六慾？

我卻偏偏記得一些俗世雜慾
和一切無所謂苦悶的事
說來可真是可笑？

第 90 首 . 茫然

世上有太多的
情欲利誘
令人心醉
色不迷人
人自迷

迷惑自己
迷於旋渦
迷其陷阱
不可自拔

羨慕別人
貪戀情慾
追求利祿
為何苦苦強求

順其自然
淡然處之
知其因果
感嘆何用

短暫人生
苦海消沉
唯有念轉
心同此理

第 91 首 . 尋找自我

尋找自我是反複回憶的過程
紛亂的頭緒只是更多的感慨
人世短暫的一切
只是人生本性的還原

如生動美麗的圖畫
來自畫家的妙手巧思
才能創造出靈性的光輝
像一句精采動人的詩句
經詩人的闡述組合
思索主題的構想
文章才有意義

把人生還原成生老病死
還原成愛恨情仇
這些只是襯托著
精采的人生

真正的人生意義
在於自己對人生的掌握
對天地良知的考驗
自己如何面對世界
面對親友的期待

第 92 首．我的一生

我的一生用血用淚
重複著許多
無奈與哀傷
歡笑與落漠
也在生命中不斷的輪迴
回憶和夢想在
心中交替浮現
留不住的只是
逝去的青春
那辛酸甜密的滋味
叫我嚐了
一輩子也不能忘記

我像是一位
冷靜的旁觀者
看著一幕幕的景像呈現
心中情緒起伏著
我留淚也歡笑

我的故事
在詩歌裡呈現
我的一生
有著精采的畫面
只是我覺得精采的背後
有著另一種苦澀和蒼桑

第 93 首．重複

每一對情侶說著共同的誓言
每一對戀人唱著共同的戀曲
每一對愛人
談著相同的瓊瑤愛情
每一個人有著共同的理想
共同的偶像做著相同的夢

我卻煩厭這百般的重複
共同的虛偽

第 94 首 . 未知生

是誰使我懼怕死亡
是另人悚然的死屍
是誰使我害怕鬼魂
是那些我對不起的亡者
是什麼在使我恐懼
是那些未知的謎
不可解的結
在天地中生存著
是一種奇蹟
何必慶幸又何足留戀

第 95 首．選舉

兩個政黨在競爭
因為朝大野小
我聽到的只是相互批評
他們說起對方的無能

兩個政黨在選舉
說了很多的政策支票
我只知道後來
許多人失望
還有很多跳票

我只知道
他們最終
為了贏得選舉
抹黑造謠
無所不用其極
將選舉變成
一個戰場
而選民只是他們勝選的棋子

第 96 首 . 我願

我願是閃亮的雨珠
落入凡塵
尋找湖泊和小溪
那兒是我的歸宿

我願是妳前世的知己
來到今生
我愛的是妳的溫柔和善良
這兒有我的愛人我的幸福
還有美麗的憧憬和希望

第 97 首 . 自我約束的人格

我不知道崇高的人格
是什麼 ？
我只知道我還有一點自尊
不敢做違背道德良心的事
不被屈服威脅利誘
不能出賣朋友
這些都是我該做的事

人格是無價的尊嚴
自我的約束
別人無法撼動的良知

有些人的人格價值
很容易被人看穿
區區繩頭小利、幾萬元的回扣
幾千元的禮物、甚至幾支煙
幾瓶酒
就能領悟他們對人格的心態
我感到人生的無奈
這些明知的錯
是許多人該引以為戒的教訓

第 98 首 . 我將離去

這或許是冒險
或許會失敗
因為我知道若是畏懼
將永無安居之處

只叫我是為自己所縛
為他人所操弄之傀儡
這裡不是我的庭院
離開了也不曾失去
因為我將擁有
更大的一片天地

我將離去
我是個不願被束縛的人
掙脫了那枷鎖去翱翔
不曾回頭直向那遙遠的地方

第 99 首．寫作

寫作其實就像內心的對話
就像喃喃自語或和人說話
我通常屬於後者
我訴說的對象往往是我的
親朋好友
我在窗前賞月看花
述說著花前月下風吹草動
一些誇張和浪漫的形容
剛浮現就自覺不當
一串辭令巧語
才到嘴邊就被我攔下

我希望感動讀者並流傳廣泛
像一個自以為是
現出以管窺天
我也常抒寫一些人之常情
但絕不會口不擇言
只默默的在讀者的眼下
留下一篇勵志文

山窮水盡時我只能停筆沉思
才疏學淺前只有望天興嘆
讓簡單簡潔的文詞重現
使我思路通順振振有詞

（繼續第 99 首.寫作）
像跟人說話一樣書寫自若
我常常拿起書本查看翻閱
用心的寫出我的創作
因為平淡和通俗才沒人在乎
我的文字表達粗俗內容平庸
胸無點墨只有滿腹牢騷
剛好與田野的野花雜草相配

文章有好有壞寫作畢竟看人用心
有時也勉強不來

第 100 首．愛上妳

我發現我已漸漸的愛上妳
喜歡看妳笑的樣子和
看妳跟別人講話的時侯
那種神采飛揚笑容可鞠的模樣
好像使人感覺無盡的喜悅
和親切
所以我想每一個人都樂於
和妳相處
還有妳講話的口氣：
溫和而輕婉、禮貌而謙和
客氣而大方、柔和而甜美
喜悅而自然、親切不失隨和
令人聽之欲醉神魂飛揚
如天籟之音欲罷不能
欲止還始、媚力不止

這是說話的最高技巧
是令人無法抗拒的媚力
其次妳做事
認真負責、任勞任怨
品性儉樸而不浮華
善良而溫和、個性柔和體貼
善解人意、有容忍之量
委曲而求全
如此待人之道做事的態度
內在之美善和許多的優點

（繼續第 100 首.愛上妳）
是難得且不易修練的德性

我愛妳以及妳的美麗
妳的身材輕盈秀氣可愛
妳的臉孔美麗而溫柔
看到妳
就好像看到我心中的偶像
所以我愛妳
可以天天看到妳的笑容
傾聽妳溫柔聲音
學習到許多妳的優點
及做人處世之道
可以天天看到妳的美麗
使我感到無限的滿足

所以妳是我唯一的希望
我找了很久終於找到的對象
找到像妳這麼適合我
這麼好的女孩
若是沒有妳
我的人生又有何希望幸福
若是沒有妳
我會遺憾一生

第 101 首．委曲

我知道妳因為我而受委屈
但是我想了昨天他們的對話
我並不因此而喪志頹廢
儘管若是我受多少冷嘲熱諷
和鄙視都不能憾動我的意志
我知道我若因此喪志
將來如何能成器呢？

所以君子出淤泥而不染
英雄不怕出身低
相信更多的鄙視及冷言冷語
只有使我益加奮發
激勵我而已
妳是否有同感？

我覺得人要為自己的理想而活
而不受別人的冷言和影響
若是去改變
自己堅定的意志和目標
這是永遠活在別人的世界中
永遠走不出自己的道理
所以我早已看破人世的輕浮
我需要的是愛
並不會因別人的左右和影響

（繼續第 101 首. 委曲）
人若是活在別人的世界中
就永遠找不到
屬於真正的自我
人若氣妳，妳不氣
妳若氣了，中他計
小人不正是利用這種方法
散播不實的言論嗎？
我們不要
輕易聽信謠言
更不要因為
別人的幾句話而喪志
或改變了原來自己的理想
或是轉變了原本有益的事
我想若是聽信謠言將來一天回想起來
失去的比得到更多
將來後悔又能怨誰

所以我很篤定凡是惡意中傷
挑撥離間、說人是非
或故意製造謠言
我都能不受其影響
我相信終有一日
我會受人肯定
路遙知馬力日久見人心
妳說是嗎？

第 102 首．憶往事

最近我想起到草嶺溪頭
石壁大縱走的往事
那是值得懷念的回憶
行程雖然艱苦
路途雖然坎坷
但是我們只有一個目標前進
就好像我們人生的旅程
往往只有馬不停蹄的奔走
為了是什麼？
也只為了
有無數的希望和期待

三天兩夜的行程雖然疲累
但是我們走完了全程
戰勝了自然踏遍了青山綠水
遨遊於雲煙之際
傲視足下人類之渺小
胸懷自然之偉大
拋開一切塵俗
回到原始的自然
想想雖然疲憊也值得回味
尤其最感溫馨的是與妳同行
我們攜手相依相持同甘共苦
每想起這一切
就感到無比溫馨
儘管旅程何等遙遠

（繼續第 102 首.憶往事）
路途又是如何坎坷
但我們有一個信心
共創未來一個幸福的家
一同走向幸福的大道

第 103 首．十七歲的日記（小小說）

很久沒有寫日記，這段時間我較麻木；不像以前一樣有不安、不措及——之感。

原因是什麼？

是我學得太多，現在班上倒有人說我大尾了。

唉！現在唯獨沉默，說什麼處世感覺；什麼做事考慮⋯⋯等，常令我自卑而已。

還有做事不約束，如愛花錢、愛吃、胡來，為所欲為；太沒節制，要改進。

想做小說家，愛寫小說，但寫不出唉！待改進。

日子真難過，每天將睡之前；都必再三忠告自己，明天要趕上火車。

千萬的叮嚀令我壓力不輕。

錢畢竟不好賺，這年頭人人沒錢，人人想錢。如果抑不住或無節制，你就是窮傻蛋；弄得身無分文，窮途末路了。現在沒錢的我，真能體會了。

尤其現在讀書，比做事還苦；請假導師會習難。

麻煩的是遲到了，會受人責罵，還要罰站。心中這份強烈的責任心，並不是發揮了，而是為了（趕）字。

身邊只剩一點點錢了，才覺得平時錢用得太無節制了；真是後悔莫及。

反正以後更須以此借鏡。

尚須趕火車，不可多坐花錢的計程車和不可買書、不可吃零食，這些都必需控制。

唉！讀商科是專會花錢嗎？

趕火車、火車，和陌生人對坐，麻木緊張，可悲。不知靈敏、表現遲鈍、不會考慮和及時判斷分析，可悲。

（繼續第 103 首．十七歲的日記（小小說））

讀書不用心，上課打瞌睡，可悲──待改進。

在校要學習做人──。

第 104 首．十七歲的記憶

十七歲的記憶
內心複雜無比
正用心的學習
在刻苦的努力
明知讀書目的
了解人生真諦
學業開支壓力
學校家庭難題

第 105 首 . 阿義叔（小小說）

阿義叔是我在「淑女服裝店」
工作時，對面男裝店的老闆
他和我的老闆，有一點遠親的關係。男裝店是由阿義叔，及
其兄長共同維持經營。
阿義叔負責店中的買賣。
有商人的敏銳口才與睿智。在我們「淑女服裝」開張時，亦
曾極力輔導我們。且時常指導我們，做生意的祕訣；及介紹
一些客戶、朋友到我們店裡捧場。

阿義叔育有一男三女，他有著開朗的性情及助人的熱忱。常
常到「淑女」這邊來坐、來聊天，對於隣坊也是常去看。大
家相處極融洽。對面是他的妹妹及妹婿，她們也成功的經營
著女裝店；賺到了不少錢。
我在剛到「淑女」開始，便受老闆的器重及厚愛；也受阿義
叔不少的照顧。
有時老闆出差，我一個人顧店；他也會走過來指導，及談他
的生意經。
他的為人，有點小氣；也不是說吝嗇，只是不喜歡受無故的
揩油吧！
他的個性，有時也會使人生厭。
在商業上，也會用些小謠言。
也會用計，使人覺得不太信任。
總之有這些小缺失，但他仍有使人親切的感覺。
在為人上，不失風趣，口才極佳。
他很會下象棋，有時找到伴了；總不免一下，有時一下數個
數小時。

（繼續第 105 首．阿義叔（小小說））

等到生意上門，他的大哥才叫他回去

我和他下棋，賭一隻烤鴨，叫我十次贏五次，就算我贏。

輸了便要幫他洗車，我從一開始，只贏過他一次。

總是洗車的多。

他有時，也會康慨的請客，叫我去買烤鴨來吃。

大伙吃，要麵皮多一份；但不足只好多買一份麵皮。

我有一回，要店主多送，但店主不悦；並出言辱罵，從此以後，我再也沒有去買烤鴨了。

往後他便常想我去買烤鴨，但我總是推說不要。

以後，便換了其他小吃、及不少吃的口味。

大家相處的，得極為快樂。

有時空閒時，生意清淡的時候；大伙出主意，想玩意：去河邊釣魚，去田野控窯（堆土丘中燒柴後，火熱了把包有外皮的食物放入土中後掩土）吃蕃薯、吃土窯雞等……。

層出不窮，奇怪的主意，快樂快活。

女裝換季，生意較差；客人等打折拍賣的貨色，買衣服的意願少了。

阿義叔，常伴我孤寂。

我老闆為婚事忙碌，常不在店裡。

阿義叔：叫你老闆要請大家，吃一頓。幾次的揩油不成，便商量大家分攤。

又有一次他見我無聊，叫老闆的弟弟：「阿成啊！你看有細齒無，麼給我少年介紹一個，他這樣這古意，不會給人嫌啦！」

往後，我便迷戀於交女友，另一家女裝店的店員，我同屆同學。

他只會幫我宣傳及說好話，及教我追女友的方法。

（繼續第 105 首.阿義叔（小小說））

沒進展時，也曾想介紹另一家女裝的店員。大我好幾歲，但我不好意思；他直幫我牽紅線。他也鼓勵我多交朋友，我那時較內向，他又常幫我宣傳：「這個孩子古意、人老實又勤勞，又節儉、乖乖的，不壞啦。」

他不喜歡我抽菸，他說我若從此不抽菸；他要請我去飯店吃一頓。

我說好，但總是被他抓到，我在偷偷的抽菸。

一直到老闆娶妻時，他又幫我們不少忙。

後來我決定要離職從商，他又鼓勵我，去賣現在流行的炸雞排。

幫我出主意，過完年了，我離職了。

我偶而也去「淑女」店坐一坐，有一次，他看到我；低嘆的說：「阿文啊，很久沒看

到你，你都不會來找我。找我下棋，看當時有閒，麼帶女孩子給我看一下」。我說：「沒有，我沒口才，講話寒慢，交無啦！」

他說：「下次要看到，不知有機會無。」

那知過了幾個月，他便去世了。

他是我的一個摯友，給我照顧鼓勵伴我孤獨，陪我成長。

故友，數月不見，變成了永別。

我心哀痛，人命如此脆弱。

使人無法預料，死去了便脫離了人生

丟下留戀與無奈。

摯友阿義叔，原諒我不常去看你；沒見你最後一面，沒能給你送行。痛失故友，我心哀哉。願他一路好走，彷彿又見他笑著說，人客來坐喔。

第 106 首．規劃人生

我需要信心也希望成功
人生的成長只在於努力
有用心的上進需要下定決心
事業上的成就突破就在眼前
安排好進修，選擇好目標
付出了心力，排除了萬難
不計較得失，不好高騖遠
默默的耕芸，不斷的努力
我的人生規劃，路途坎坷難行
忍受痛苦折磨，攀上生命高峰

第 107 首 . 寄託

我是個歷經滄桑的人
飄泊飲盡風霜
到何時我才能夠
有一個溫馨的寄託

自從和妳相處以來
我是何等快樂
彷彿妳是我前世的知己
我對妳好像很熟悉

其實我很喜歡妳
妳的氣質溫和個性開朗
笑口常開以及妳的美麗
這是可遇而不可求
如今我遇到妳
彷彿我的人生路途上
有了一位知己
可以攜手同行
頓時不再茫然
感到希望無窮

第 108 首．我對文章的看法（論說文）

學寫文章的方法有很多
最重要的是感觸、見解
其次便是文字的簡潔
和作者的情感

現在來談感觸、見解
感觸不同於靈感
靈感乃集其大成而已
第一：平常要把感觸的心
用在做學問，問題的思考上
必達能有所心得
杜甫云：「讀書破萬卷下筆如有神」
第二：感觸的心便要放在一般問題
生活中、思想上、人生的體驗
以至於生活、待人接物……等
第三：理智或情感的感觸
皆以問題為中心去尋找
正確的解決之道和新的觀念

見解有個人、群體、片面、全面、見仁見智
平時便要訓練自己對週遭事
物、問題的認識
產生思想上的理解和看法
這種能力不僅在文章、觀念、處理事情的方法方面
都有極深的影響

文字的簡潔文字雖然只是記載的工具
古人的八股、駢體
雖然遏阻許多的才學飽讀之士
但對古代的影響至今不可謂不大
文字華麗的文法講究詞性華麗
而主題空洞、見解荒謬，這些都
不是好的文章
一篇好的文章要能:「文以載道」
闡發道德及有勇氣的評判
評論社會上的缺失、人性的分析
這些才是為文的目的
平實要努力的充實
有豐富的見識
才有好的成績

文字的簡潔也是很重要的
首先可以先從日記入門
訓練下筆的功夫
再把描述、形容、想法、心得
一一尋求表白務必使其精簡
上下文對照、段落分明、通順自然
再則就是多欣賞好的文章
以及研究作文的訣竅了

作者的情感，一個作者的情感
必須豐富
我所謂的情感，便是理智的情感
不是盲目的情感，是豪放的情感

（繼續第 108 首. 我對文章的看法（論文說））
不是放任的情感
有寬廣的心胸、悲天憫人的情懷
創作有心、有情、有義、有生命力的文章

第 109 首 . 痴情

痴痴的追尋只為等候
相遇的一剎那

在無盡的旅途
數不清的臉孔中
找不到一絲絲
像妳的倩影
漫漫長路我走過
伴我只有妳明媚的容顏
和妳的微笑

分離以後我多盼望
能再有以往相聚的時刻
傾聽著妳的呼喚
可是像時光流水
一去不復回
永遠也找不到妳的芳蹤
像失去了一切
我感到是如此寂寞和空虛
長長的人生伴著我的
只有期待
在期待、希望、失望之後
好想再衝刺一番
沉重的包袱和四面荊棘
使我滿是傷與淚

（繼續第 109 首.癡情）
我就如此了嗎？
但有一身自負
但不願就此怨天尤人
再下一番努力吧！
再存一份希望
失去的再去找回
想得到的就不怕傷害
只為對妳的痴情

第 110 首．失業

失業的壓力抹去快樂的笑容
收入的減少帶來貧困的情景
費用和開銷影響幸福的家庭
意志的消沉帶來不好的心情
工作的難找渴望錄取的通知
只有奈心等慢慢找調整步閥
金錢的不足造成入不敷出一場空
失業的問題在大環境的轉變之中
一技在身卻缺工作
因多人應徵等待中

第 111 首 . 幸福

幸福像鮮紅的荔枝
是愛情的結果
剝開羞澀的紅潤外殼
放入你溫暖深情的口中
攪拌出甜密的滋味

幸福像金黃色的芒果
是相思的美麗
酸甜的果實
是情人的禮物
最初的青澀是初戀的開始
金黃色的成熟
是妳熱情的心
捧在手裡
幸福就在心裡

幸福像春天的花朵
美麗而多情
散發著淡淡的清香
蜜蜂在花裡穿梭
蝴蝶在花中飛舞
人在花前流連賞花
幸福在眼前
停留等待

（繼續第111首.幸福）
幸福像我家沒有
虛偽豪華的外表
沒有豐衣足食的享樂
沒有富貴奢侈的開銷
只有知足常樂的平淡
平安健康的身心
勤勞工作的維持
還有一家大小
共同為幸福的付出

第 112 首．據理力爭

雷雨在風中狂
瀉了一地的脾氣
不滿和焦慮在
心裡爆發出去
沉默的孩子
在玩著他的玩具
不知什麼時侯會
吵著要糖吃
吵著要出去
晴朗著風和日麗
有時也會偶陣雨
在變化的氣球
有時大有時小
有時變幻著扭曲

事情來得突然
在期盼等待中失意
像一把火燒去了
美麗的森林
誰在玩火？
是晴天霹靂？
還是熾熱的太陽？
是乾燥爆躁的枯葉？
還是人類與大自然
在爭奪放出的野火？

- 158 -

（繼續第 112 首.據理力爭）
在衝突中據理力爭
在遊戲時比賽中
互不相讓各憑
本事爭取輸贏

海水的波浪
有起有落
人生的起伏
有失有得
不能為了爭一口氣
爭自己的私慾
損害了公理
違背了良知
做出了不公不義

要在受害受虐待
受冤屈受不平時
受無理取鬧中拿出
勇氣據理力爭

第113首．妻子的聚餐

妻子：「老公，我們同事星期日要聚餐，你要不要一起去？」
我：「親愛的，那妳星期六，有沒有要去那裡？」
妻子：「喔沒有，我們公司要加班」
我：「那妳們自己去，吃一吃
聚一聚，我有事不方便去」

不停的加班似乎解決
不了低薪的問題
勞基法只是好看的法律
有能力的老闆
賺取多數利益
沒有專長的勞工
只能靠力氣
常加班被迫不得已
為了家庭孩子的幸福
辛苦的賣力
基本工資的議題
只能靠不停加班
勉強撐過去
只是年老力衰沒力氣
身體常常不爭氣
為了生活開銷要努力
日子過得勉勉強強還可以

（繼續第 113 首．妻子的聚餐）
難得休假，休假難得，來聚餐
平常忙碌，放鬆心情，來聊天
難得放鬆，好好吃喝，放心玩
熱鬧氣氛，舒暢心情，好自然
補充營養，吃些喜愛，細慢嚥
談天說地，談笑暢飲，償所願
享受清閒，笑看人間，半日閒
時間飛逝，聚散忽忽，又一天
姐妹情深，同事聚餐，常懷念

第 114 首．往事

在風中彌漫著花草樹木
溪河泥土的自然芳香
那種芳香是上帝的味道
在你不介意的時候
我會替你撿起一堆
寫了不要的紙團
用它來擦去模糊的窗口
抹去傷心的往事
就這樣讓清晰的窗口
在大自然中透露
一點紛亂的頭緒
讓紛亂的頭緒隨著那微風
飄成千絲般的秀髮

也許不只是往事
時間也從生命的一頭
溜到沒有壓力的一頭
為我們解說失望和幸福
我們這時才明白
我們只有希望
所以我們真正的幸福
正在輕飄飄的飛舞
有沒有期待已不重要
只為了這些幸福
就在我們身邊

第 115 首 . 父親

不論白天和夜晚
父親總是辛勞的照顧著我
無數的寒風夜裡
替我蓋上溫暖的被
慈祥的臉龐蒼老的皺紋
奪去了他的青春
在工作和家庭之間
兩頭忙
照顧著生病的我
陪我打針吃藥、上學和讀書
有一回爸爸受傷了
臉上勉強的擠出笑容
背後卻痛得臉色鐵青
噓氣連連
那時無知的我還以為
爸爸可以在家休息陪我玩了

想起爸滿頭白髮
身形憔悴的背影
在回憶之中有風吹過
吹著我的思念感傷

第 116 首．朋友

朋友與朋友之間
需要能坦誠面對
處理事物的方法
靠著是理智冷靜
沒有強人所難
就不會失去友情

朋友相處，信義為重
彼此忍讓，互相尊重
携手共進，同甘共苦
互相鼓勵，彼此勸勉

平時多與朋友往來
共同活出精采人生

第 117 首 . 凝望

凡是一切可等待的
都有希望
為此我擔心每一次的
等待都是一場夢魘

為此我願意痴痴的
凝望著妳的畫像
如同凝望著天空的浮雲
湖中的帆影
和夜色中最美麗的月亮

如同凝望在草原的
那棵大樹
枝繁葉茂的像一把保護傘
而圍繞它的是
一群嬉笑的孩童
直到兩眼茫茫髮鬢蒼蒼
變成長城裡的一塊石頭

第 118 首 . 合理

其實我寫詩也不過是
為了合理的為人之道
我從沒奢望過每一個人
都會來看我的詩
如果能在書中
領悟合理的處世之道
如果能寫入詩中
如果大家都能
了解我的詩
那麼我的一生
我的用心
不也就能對合理
有個交待

第 119 首 . 紅塵

花飄飄雪中舞
回首往事在心頭
多少愛與恨情與仇
誰能了解我心煩憂

幾次奔波，起起落落
茫然無知，沒有盡頭
只是到了放手的時候
也該休息短暫停留

時已過境已遷
陣陣辛酸幾多愁
功與過是與非
誰能看透誰能解脫
幾番折磨痛心疾首
盡心盡力有誰能懂

又是離開的時候
只有放下紅塵煩憂
人生本來
就像一場遊戲、一場夢
讓我不安的徘徊
無知的錯過

原來功名利祿到後來只是一場空
使我不斷的重蹈覆轍
這歷史的宿命，是人生的解脫

第 120 首．鏡子

我在鏡中看著自己
好像在看著一個照妖鏡
鏡中有時像我
有時像美麗的少女
有時像端莊的淑女
又有時像醜陋的老婦人
變幻著五顏六色的影像

我一直想把它藏起來
藏在那樣髒
那樣暗的角落裡
但有時我又好奇的
想看一下鏡中的自己
會不會也變成
醜陋的老婦人
我只有想辦法把它忘記
只是時間久了
有灰塵汙垢沾滿了它的臉
它就會變成一個
要回收的東西

可是我在家庭和工作之間
日夜忙個不停
為此青絲變了白頭
這又洩露了我的年紀

第 121 首 · 多情

路邊的野花
綻放出甜美的微笑
孤獨的遊子
留露出真情的感動
在林中
鳥兒聲聲啼唱此起彼落
在風中訴說著真情
在重覆著為了世間的
多情苦惱

白霧矇上我的心頭
熱淚模糊了我的雙眼
不懂這份深情就隨
它在風中飄動
為此情到深處時
卻是濃時轉為薄

為了我的情路
走過萬水千山
受盡風雨折磨
有情總為多情苦
真心總比痴心痛
為何我的情感
那麼無助、那麼孤獨
沒有人為我在乎
想得到的越多
卻只有越心痛

第 122 首．富足

灰色的世界，天昏地暗
慾海的不滿，波濤洶湧
妳看花花世界不失足於
紙醉金迷的生活
我在富貴中卻不知滿足
等到貧困時才知惜福

妳在平淡的生活中
快樂自在而能知足及幸福
我在平實裡吃喝玩樂
不知節省和約束
妳在平時勤勞工作
收入豐厚
節省開支儲蓄富足
我也要學習不浪費和不奢求
在知足中而富足

第 123 首 . 傾聽大自然的聲音

淘氣的烏雲拿著傘
遮住了太陽的眼睛
閃電的雷公打了個噴涕
敲打著鼓聲響起
風的孤兒也在雨中哭泣
風聲和雨聲傳來
絲絲的哀淒
頑皮的雨珠在四處遊戲
無辜的羊兒也在嘆息

年老的瀑布在刷洗
他的身體
嘩嘩的水聲彈起鋼琴的弦律
小鳥和蟬兒高興的鳴啼
他們大聲的合唱大自然的音律
我在大自然裡傾聽大自然的聲音
自然裡使我心曠神怡
而自然的音樂
竟如此美妙而神奇

第 124 首．故事的發生

寫不盡的人生
看不完的故事
在家裡發生
每一個人都是主角
每個角色都會輪替

小時候學校老師要我們寫有關
「父母的童年」的作文
爸媽在回憶中說起了往事
我就像在重覆著爸媽的故事
只是他們主導了我的生活
讓我比他們過更美好的童年
爸媽也期待我的成長
能比他們過得更好更幸福

我在家庭中成長，到城市裡打拼奮鬥
去過別的國家考查
在一路奔波歷經風險
時而平淡時而風波不平

每個人都有故事
而事事看似無關，偶而卻彼此相連
時間是故事的推進器
推動著故事的發生
啟動著故事的運轉
在人生的苦海航行，等到了目的
又是下一站的開始

第 125 首 . 簡單的詩

妳說妳喜歡簡單的詩
妳愛看輕柔優美的詩
我卻努力思考
寫詩來解釋人生

大家都有不同的看法
妳有妳的想像、妳的浪漫
我有我的理智、我的思考
我正想如何寫出解決
煩惱解決困惑的詩

任何詩篇都有迷人的地方
詩中奇妙而多彩
只是我
看不懂妳的詩情畫意
就如妳不了解
我的詩中道理

我在詩中不停的尋找人生
的目標
也不斷想寫出有義於人生的道理
只是妳不明白我的心思
就如我不了解妳的單純

第 126 首．天命

一段刻骨銘心的往事
兩種若有所失的感受
我會在失落中振作？
我能再強出頭？
我的心志比身體強壯
我的身體比內心憂傷
像一場無法比賽的球局
我也懷疑我在球場的正當

我讀到人生最真的銘言
都是出於不得志的
賢能之士
我讀到最幸福的愛
其實是一些
貧困患難的君子之言
除此以外只有虛偽和貪婪

我看不清楚自己的未來
尚無知於天命
為此只有多用心領悟
認清現況記取失敗的教訓
我只有把握現在
得知於今的天命
不管未來上天如何的安排

第 127 首. 一個人靜靜時想些什麼

靜靜的夜裡在
書房裡看著書
等待你溫柔的
呼喚
看著你那甜美的的微笑
我是多麼需要你的關懷
也渴望看到
你的深情的目光

靜靜地走在回家的路上
只想在你經過的路上
陪著你一起散步、一起聊天
願你能快樂蕩漾

靜靜的一個人坐著公車
看著窗外的風景
美麗的天空好像
一張藍色的畫布
路旁的樹木枝葉茂盛
默默地守衛著它的家園
遠處的房子高低的
疊著方塊格子
有大有小有長有寬
散落著不規則的拼圖

（繼續第 127 首. 一個人靜靜時想些什麼）

靜靜地坐著喝茶
白色的杯子如純潔的心
滿是金黃色的希望
入口友情的溫度
聞是好友的芳香
飲如知己的甘甜
回味人生旅程似
茶葉的純真
細品好友的關懷
如苦盡甘來的快樂
再加熱水泡茶
來靜靜地品嚐
茶水芳香甘醇的好味道

靜靜的想什麼
猶如風中的樹木
站在路旁
樹枝不停的隨風飄揚
我的心也不停的冥想

第 128 首 . 爬山

有決心有志向的
青年爬一座山
他們上山時晴空萬里
挑戰高峯
下山時滿天烏雲
步步危險
拖著疲憊的身體
帶著堅強的毅力
走下坎坷曲折的山路

我在山上與他們相遇
我跟著他們的隊伍
我佩服他們
有決心、有志氣、不怕困難
和挑戰的毅力
跟著他們一起攀登高峯
在山上有沾了白雪的頭髮
眼睛裡滿滿綠色的好奇
看那美麗的山水懸崖
白霧懷中的樹林
列隊歡迎的花草
招呼不斷的鳥啼

雄壯的山抱著我
我總覺得
它是很久以前失散的好友
它教會我怎樣交朋友

第 129 首．信任

每一次的成果
都需付出相當的努力
我照你的輔導
勤勞耕作
可是我心裡的稻田
卻逐漸枯萎
你用承諾維持我們的信任
用虛偽假裝自己的用心
在這次的豐收
只是供過於求
賤價求售的傷心
我不敢相信你的用心
並懷疑對你的信任

第 130 首．結伴出遊

有時和同事或朋友
一起出遊
我們快樂同行
像兒時的玩伴
天真無邪盡情歡笑
我們在一起聊天
看電影一起喝茶
或小酌和唱歌無所不言

我們的心情
像一片開闊的天地
有著一片綠意盎然的生氣
如一片山明水秀的俏麗
似一座人間樂園
令人著迷

而有時也去爬山
像走在神祕的寶地
引起我們的注意
在摸索和探險中
一窺究竟
直到有所收獲
直到盡興而歸
歡樂的時光　總是忽忽過
同伴們也互道別離
各其滿意的回家裡

第 131 首 . 夜

時間已近黃昏夜色暗淡
夜市的歌聲奏起晚安曲
它告知了即將收攤

一個安靜夜裡
只有月亮和影子
無聲無息的陪伴
在這個時候
只有夜貓

在四處走動像夜的使者
像驕傲的田野之王
這個夜悄悄地來了
它跟在白天的後頭
安靜的為大地蓋上棉被
為天空撐起蚊帳
像一個慈祥的母親
哄著孩子睡覺

第 132 首 . 訴苦

心裡的苦不論過了多久
也要說出來
對著天空的衛星
千里傳音
傳到了好友的心裡
暢所欲言

放著不說
我擔心你
對於那些好的
或不好的情緒
都會有影響

解開心結、敞開心胸
滿臉歡笑
接納我對你的
一片真誠和關懷

第 133 首．抉擇

我曾一時迷失在事業
抉擇的路口
我低著頭在路上
徘徊沉思

風沿著路旁的
行道樹吹出來
風很大
像是一輛急駛過來的貨車

我背著風走到
路旁樹下
在昏暗的夜色中
只有路燈的明亮
我感到它在指引著我
指引我遠離這裡

我的寂寞、惶恐、悲傷
它們都將隨著強風和貨車
急駛而去

第 134 首 . 空虛

意念奔放在天地之間
滄茫無邊的心海
找不到安心的歸宿
腦海中浮現出一絲幻象
耳際傳來一首古老的歌曲
胸中燃起一點希望的火苗

把意念化成原始的記錄
在白色的牆上
塗寫象形文字
用彩色的原料
倒進心裡的調色盤
調合各種奇妙的滋味
慢慢料理成一道人生的晚餐

當意念像一間雜物間
倒出心中的一堆雜念
就讓空虛擦淨我的心

第 135 首．書房

時間漸漸的晚了
我還在書房寫作
夏夜裡讀書窗外一片黑暗
只有微風帶來
涼爽和我作伴

書架上的書本
像我朋友
無怨的解釋我的迷惑
隨時在我身邊
指導我
書桌上的紙張是我的知己
不厭其煩的聽我訴說
心裡的話
靜靜的安慰著我
而文字像一座橋梁
讓我安然渡過
每一次的難關
知識使我有概念
有能力去行動
而改變了命運
在一個生生不息的世界裡發光發亮

我在書房中
看到一個小世界
裡面有血有淚
有失望有幸福

（繼續第 135 首.書房）
它呈現真誠的一切
真心的為我等候

第 136 首 . 生死

讓人迷惑的生命
起源和歸宿
神祕而恐懼
生命是一條不歸路
生老病死苦才是完整的人生
而死亡
也不是生命的終點

世上萬物
有一死必有一生
生生相剋天理循環
等苦難遠離
等邪惡消失
一切終歸平靜
活著的人為死去的親人
祭拜懷念
為一些先賢、列士、亡魂
奉上致敬感恩的心
生命曾是美好
而死亡也並不可怕

或許聖人也曾迷惑
但終究為人們的心靈
找到一條心安的信仰
靈魂的歸宿

第 137 首 . 好吃

在餐桌上擺著簡單
清淡的飯菜
每當我看著它們
便會想起以前
每餐大魚大肉的日子
因為迫於經濟因素
和收入減少的無奈
想開了

我想人只要
能控制口腹之慾
其他奢華虛榮
就自然能有新的領悟
有時想起清修居士
粗茶淡飯三餐不繼
他們清口茹素
心懷仁慈、不殺生而淡泊名利
在精神修為上精進
這才是心靈飽足之士
為此我們也須先從
吃的開始克制
克制貪吃、克制貪念
而後循序漸進能控制慾望
並進一步清心寡欲
心無掛礙超生了死

（繼續第 137 首.好吃）
人何嚐不是因起了貪念
而不知控制如脫韁野馬？
先從吃得健康營養做起
吃七分飽，少吃些零食
精製品及油炸物等
就先從吃來改善心志吧

第 138 首 . 打扮

有一件白襯衫
我想穿上它
代表我的單純
加上一條領帶
想制造些帥氣
再穿上西裝
想制造些完美
端莊的儀態
最後穿上了皮鞋
是想
提高些身份
如果我
沒想到穿白襯衫
就什麼機會也沒有
如果我不刻意去打扮
那麼現在
仍然是平凡
沒有用心的我

第 139 首．三十年的歲月

三十年在熾熱的
太陽底下工作
我接受
風雨日曬的考驗
堅忍
是我唯一的信念
我的身體如一顆
樹的強健
心在酷熱的
工作中煎熬
而家庭和諧
子女上進
使我欣慰心安

在迷朦中
我聽見
輕盈的腳步聲
還有雞的啼叫
厨房裡
鍋子、碗盤
清脆的碰撞聲
突然
我從夢中醒來
有一雙輕柔的小手
輕輕的碰觸著我
撫慰我疲憊的身軀
多情的眼神

（繼續第 139 首.三十年的歲月）
帶著溫暖的微笑
在低聲的
呼喚我
使我心動

妻子
使我有個
幸福溫暖的家
孩子和我
是她的寶貝
是她甜蜜的負擔

三十年來
我在外
不停的奔波
她在內
不辭辛勞撐起一個家
把孩子教好
把我照顧週到
現在孩子
都已成年
她依然不放心
為孩子和家庭
任勞任怨

人生有幾個三十年
在後面的三十年
得為自己想一想

第 140 首．富可敵國

財產集中在少數人手裡
最有錢的富人
財富無數且越集中
這個世界上窮人越來越多
其實是賺少花多

有時候富有者
在鏡頭下喝一般的礦泉水
臉上滿是和藹的笑
大家以為
他是一個仁心寬厚
和樸素於生活的人
有人還向他討教
成功的事業
眾人熱烈的學習他成功經驗
為此貧富差距的拉大
就這樣生活有了困難

富有者也和大家一樣納稅
只是收入多
多繳了一些稅
和大家一樣為工作努力
只是他常常就感到
莫名的自豪
和事業賺錢的成就感
他幾乎把所有心思

（繼續第 140 首.富可敵國）
都傾注在他的事業
財富在他家不斷增加
直到富可敵國
差點就成了世紀的金融巨龍

第 141 首. 開荒拓土

是誰在一片荊棘坎坷中
開荒拓土
從此這本來只是
荒無人煙的不毛之地
便給了翠綠的果樹佔滿了

經過無數辛勤耕作的日子
每日早出晚歸的忍受
烈日當頭風雨糾纏的辛酸
只為歡慶豐收苦盡甘來的希望
讓人們盡所有心力為此一
新天地
讓一望無際的翠綠掛滿碩大的果粒

第 142 首．菩提樹下

誰在菩提樹下爭論？
蘋果掉下來會砸中誰？

到後來誰比較高明？
只是領悟了超生了死？
而被砸中頭的牛頓
卻領悟了
萬有引力改變了世界

菩提樹下的謎
世人看不懂也猜不到
他在世上修行
守戒、吃齋、唸佛
他的身
像一棵覺悟的智慧樹
心靈像一座明亮的台鏡
而常常勤快的修練
不讓德行蒙上了汙點
是入世的修行
強調修行的作用

為此達摩初祖東土來
六祖禪宗慧能~傳：
「菩提本無樹
明鏡亦非台
本來無一物

（繼續第 142 首.菩提樹下）

何處惹塵埃」

佛家禪宗本是出世的態度

其意世本是空

看世間萬物也是空

心原是空

怎來誘惑和汙點

禪宗修持不在於苦修

而能於參悟

為此超脫今世最終是解脫

佛的主旨在於心

認為世間的萬物

需用心去領悟

去面對一切

第 143 首 . 平庸

誰是聰明？誰是愚蠢？
妳是平庸
妳是無憂無慮的女人
把你記在心裡
發現自己比妳更聰明

讓聰明變成人工智慧 AI
變成電腦
變成圖書館的書

撒滿童話的詩
讓妳的平庸自在
開一場浪漫的舞會
跳著輕快的舞步
今日妳做主角
昨日是路人甲
是替身與愛熱鬧的小跟班

我的愛人
妳的全部是我的一切
平庸是妳最好的保護
安全的臉孔
福氣身村樂觀笑的妳
不再寂寥
讓聰明的人先為人們做些貢獻
讓愚蠢的人為自己多付出些勞力

（繼續第 143 首．平庸）

讓平庸的妳

為我找一份安分守己的幸福

第 144 首．奔跑

一個少年在奔跑
沒有其他同伴
此刻操場的學生稀少
有的在打掃

他奔跑繞著操場
誰也不清楚他跑了多久
是因為犯錯被罰跑？
他為什麼不忽然停住
裝作氣喘噓噓
漫不經心而若無其事

他為什麼不混入教室
走到樹蔭下休息？
就這樣奔跑
他究竟要跑到什麼時候？
他就這樣奔跑
彷彿要是跑出比賽的紀錄

是受罰在鞭策著他？
還是他在自我懲罰？
有勇氣的少年
在操場上奔跑
他在自我挑戰、自我訓練
他為了田徑比賽
不斷的奔跑

第 145 首 . 累

永遠是這樣
勤勞的工作著
我的累
都是別人所不懂

羨我精力之如此旺盛
我卻耗盡了
不得不放下
而又擺脫
不了心靈的空虛
滿懷曾經志在四方
的雄心
滿腔嘆不能
盡力參與的壯志

多少走過歲月的回憶
多少幸福家庭應盡的責任
不曾為家拾起的溫馨
多少承諾在風中飄散
而孩子小小的心願
卻如夢幻的童話故事

尤其我忙於工作
沒有時間
對家庭用心
沒盡到丈夫、父親的責任
我不知妻兒需要什麼？

（繼續第 145 首. 累）
從今以後
我又如何填補
往日的虧空
像流水
難以挽回的過去

第 146 首．孤獨

孤獨如影隨形
尾隨著明月
悄悄地從背後跟來
明月懸於天空
伴隨
繁星點點倍感幾許淒涼
湖面平靜如鏡像我的心
映著明月倒影光輝
園中人少伴著樹木暗淡
只有風聲
蟲鳴和幾隻飛鳥的
輕啼叫聲
孤獨的影子
跟著我
在孤獨的夜裡想起李白的詩
又添了幾許悲傷

第 147 首 . 知識經濟

我需要有知識
在這個
日月異的世界
知識像氣球在不斷的擴大
經濟的黑馬
也在不停的衝刺勇往直前

我要用知識
來增加經濟發展的能力
知識像一個美麗大方的女人
在不停的裝扮中
引領新潮而創新
在創新中異軍突起
在學習和裝扮時
吸納各方新知
在喜新厭舊中換上新裝
走出迷人的自信光采
以美麗迷人的微笑
掌控經濟
以學習領導創新
用流行的知識經濟創造未來

第 148 首.四季感觀

在春風中百花嬌媚
芳香朵朵心花怒放

在盛夏的端午是詩人節
為屈原投江叫屈
包著粽子
感懷屈原犧牲的偉大

在深秋滿是枯黃的落葉
心隨著秋風蕭瑟飄搖
瀰漫起一股憂傷

在冬雪中寒風刺骨
潔白的雪
厭抑著我熱情的心
似天上的小仙女下凡
帶來的銀花
似翩翩起舞的白蝴蝶
像純潔少女的羞澀

我在雪中心靈也像雪的純潔單純
我寧為冬季裡冬眠的熊
能免去一季冷酷
在睡夢中等待一個春天的溫暖

第 149 首．智慧人生

當智慧之光照亮希望
善良的心靈才能真正
得到昇華
當空虛的心靈
走向安心之路
才能開始遠離
茫然和失落的處境

像瓜果的種子
落地沉於土中
獲取滋養
就能發展強旺的根系
不斷的直立挺拔向上茁壯
再經用心的灌溉
耐心的培養
使它達到和諧與圓滿的生長
它就會充滿活力
以豐收回報期望

只有智慧的人生
才能開啟心靈純真的慧根
只有智慧的人生
才有慧眼看透虛假的偽裝
只有智慧的人生
才會了解慈悲的法喜
只有智慧的人生

（繼續第 149 首．智慧人生）
才會修身悟道
為真理普傳
為道德宣揚而奔忙

在智慧之光中
學習「前人慈悲」
學習真、善、道、理、法
的實際行動和言論
在人生的無常中
領悟改造自己
並渡化他人
讓智慧充滿法喜
讓人生充滿希望

第 150 首 · 良師益友

我的朋友裡
有一個良師益友
他像一本書
裡面充滿愛的鼓勵
與真心的關懷
書中教導我如何面對人生
如何解決難題

每當我茫然無知
遭受挫折困難
遇到不幸苦悶的時候
他總是默默給我幫助和鼓勵
並且說了
很多處世的道理
講了不少感人的故事
他對於人生
永遠樂觀而知足
像一個智慧的長者
心懷慈悲喜法菩薩
他到那裡我就跟到那裡
他的關懷在何處
我就往何處

因為我是一個心存
善念感恩的人
對於朋友怎捨得遠離

（繼續第 150 首. 良師益友）
若一日人生的知己
逐漸遠去
如斷了線的風箏沒了音訊
我會像蜂鳥
拍著翅膀四處尋覓

重要的是知己難求
知音難覓
我會更加珍惜
把他當生命中
當最難得的良師益友
不斷的給我鼓勵

第 151 首．我應該

想起自己慘綠少時的
貧困辛酸
我質疑命運的安排
無情的作弄
我應該堅強的生活
慶幸自己能健康的活著

我不應該
強求事業的突破
收入的豐厚
只求用心經營
解決困難和險阻
還需奈心的調整
靜待黎明時的轉機
我不可以
在谷底時的深淵
埋藏自己
桀驁的心志
我應該
如雲端的雄鷹
俯視大地
勇敢的俯衝地面探抓獵物

回想過去
像我的知己
面對現在如我的教師

（繼續第 151 首．我應該）
希望未來
像一場場比賽
我應該意志堅定
就像運動選手
在不斷的訓練中求取進步

第 152 首．愛

讓愛隨著風的吹拂
四處飄散
帶著雨的祝福
滋潤枯萎的花朵
讓花兒帶著葉的陪伴
在花前月下
展現迷人的姿態

愛的存在
是黑暗中的希望
如暗淡天空中的月光
看似遙遠的天邊
卻能照亮
迷途歸人的方向

天地之間有了愛
才有生命的存在
永恒不變的輪迴
生生不息的生態
帶來生命的奇蹟

愛來自於心中
善良的純真
讓我們從此沒有了遺憾
把愛說出來
讓愛表現在行動中

（繼續第 152 首．愛）
勇敢熱情的說出……
三個字
讓我們明白
讓愛的鼓勵
在掌聲中響起來

第 153 首 . 現實的環境中

在現實的環境中
當你跌落困難的深淵
我會是好朋友
從遙遠的他鄉
走過滿是
荊棘坎坷的路途
前來
帶給你信心助你一臂之力

在現實的環境中
我會在內心消沉的掙扎時
找到善良和樂於助人的朋友
為我解決困難
假如能脫離困境
我會感謝朋友的患難相助
若是不能圓滿我也會感恩
日後加以回報

在現實的環境中
邪惡、自私、詐騙橫行
我會默默行善、樂於助人
在朋友走入岐途時
加以勸勉並拉他一把

（繼續第 153 首．現實的環境中）

在現實的環境中
我決不靠運氣、不好高騖遠
不投機取巧
像修行之士潔身自愛
並和朋友互相規勸、互相扶持
計劃事業、照顧家庭
下定決心克服險阻
達成目標

在現實的環境中
計劃裡按步就班
遇困難挫折時和朋友商量
找出問題來改進
從挫折中振作
從失敗中吸取教訓
當有進步收獲時必定與朋友分享
且不能驕傲大意

在現實的社會中
重新站穩腳步
踏實的生活
像學走路的孩子
從那裡跌倒了
從那裡爬起來

第 154 首 . 昨日與今日

想到時間就想到
流水一去不回頭
看到照片就想起往日情義
我歷經挫折所以感慨生命的無常

你在昨日的風采依舊
而今天是否依然亮麗
在風吹過你的秀髮的時候
愛灑落一片癡情的雨

我愛我的妻子
因為他是最深情的美麗
她讓我為愛著迷
尤其她的溫柔
是我的幸福我的甜蜜

所有發生的事情
全部在昨日的記憶裡
在幸福和快樂之間
在昨天和今天當下
我有過一番努力
因為幸福在那裡
甜蜜就在那裡

（繼續第 154 首. 昨日與今日）

快樂的意義

不會比得到的多

但也不會少

昨日的懷念今日的追求

明日的安排

我的心並不寂寞

忽忽的時間過去

然後別離

彷彿人生的一齣戲

第 155 首 . 旅遊記趣

陌生的空氣在車內呼吸
時間的聲音和飛快的距離
算起數學習題
行李在默默思考這個遊戲

眼睛在拍攝美麗的風景
腦海攪拌快樂的甜密
時間躲在遊樂區裡

早上的雨帶來一盤清涼的愛玉
雨傘被保護在忘記的車裡
用剛剛的心情交換美麗的門票
跟著淘氣的天氣晴時多雲偶陣雨
反覆的嬉笑、反覆的遊戲
遊覽車躺在停車場裡
伴著長長幸福的河堤

守著山的大叔
穿著裙很低的雲
圍繞招呼著我們
久久不散去

時間在幸福的河堤
隨著流水出去
記憶的果實
掉落滿地

（繼續第 155 首.旅遊記趣）
太小的撿不完、太大的撿不起

熱鬧的心也在唱起快樂的歌
除了一首「歡喜就好」
還有其他的遊戲

第 156 首．一念天堂一念地獄

人生在人間，人間像天堂
天堂在心裡，心裡怎會有
地獄的恐懼

善是人性，人之初的本性
善念丈量，當下的靈性
證明邪惡勢力，怨恨不足

人生
攤開像一幅多采多姿的畫
如畫般吸引眾人的目光
畫自己的畫
為自己的內容簽名

心擁有窗，善念打開窗
窗外都是
貧困、憂慮和迷失的怨念
怨念沒有止境
但還有善念的人
願意
一再的給我溫馨的微笑

善念的天堂
天堂裡有許多人的快樂
慢慢的要變成了善歌
美妙的歌聲陪伴著我的心

（繼續第 156 首. 一念天堂一念地獄）
天堂地獄像在一念之間
包圍心中的願
此願為人間最迷惑的問題

第 157 首 . 無人科技

在電腦發明以後
不要輕信網路的謠言
不要自恃年輕
以為所學是最新
不要看輕老人
以為他們落伍無知
不要輕信年齡
科技會使人凍齡
讓老人看起來更年輕

手機時常換新，你說是先進的流行
現代的進步，喚醒了冬眠的人
你將再也禁不起競爭
不用去工廠作業
不用制作財務報表
不用拿著信用卡排隊購物
不用擠爆賣場
還有你只要動一下眼睛
就能辦好一切

身為生命的主宰
你可以隨時上網
發號施令
命令無人工廠開始啟動
呼叫無人自動駕駛來臨
橫掃股市

（繼續第 157 首．無人科技）
只為人工智慧程式

你可以驕傲的說孩子們
你的童話世界
將可以變成了神話的傳奇
還有你不用擔心
惡疾或器官移植
人類的器官身體
全身都能換新
如同一個新的肉身機器人

如果無人科技的來臨
是一種災難
像時間在改變、人類的退化
或者機器人
取代人類所有工作
科技越進步則越不能避免
如果有人恐懼末日
就讓現代科技的機器人
管理現代
而讓人類回到原始的自然
逍遙自在

第 158 首 . 愛的告白

我一直很擔心如果有一天
我突然向你告白
你會不會接受？
然後在我茫然失措中
你狠狠的瞪著我
大聲的叫了起來
像潑了我一頭冷水後
頭也不回的走開

從此再也看不到
你對我的笑容
聽不到你溫柔的呼喚
我的心被撕碎了
我的頭也抬不起來
從此暗然的離開

我並沒有向你告白
我的離開
不曾對你有傷害
但不是我對你的愛不再
只是沒有勇氣表達出來

再加上我在你的世界
看不到你對我的真情
我再也找不回來你那多情的微笑
你的輕聲細語和你的深情呼喚

（繼續第 158 首. 愛的告白）

那告白是一種傷害

它在提醒我

曾經愛一個人的無奈

真正的告白在於兩情相悅

坦誠的真愛

不是單方面痴痴的等待

痴情的

告白

第 159 首 . 疼痛

月落星沉發出低沉的呼喚
叫醒傷痛的記憶
使我想起
古人刮骨療傷的勇氣
我早已睡醒在黎明之前
看花籃裝滿祝福的心
天空幾朵白雲
劃出晨曦的美麗
慢慢的曙光透出來
為你的等候打扮著亮麗

熟悉痛的感覺
即是在默默無聲中
獨自承擔的苦
聽過溫馨的關懷
反覆重播著溫情的安慰
而這次你來
看我之後便少了痛的感覺
當疼痛時有如刀的分割
我的靈魂從身體逃出
像不停割開的骨肉
流下悲痛的眼淚
刻骨銘心的哀戚

而遠在天邊的
白衣天使

（繼續第 159 首. 疼痛）
飛揚過來帶著甘露的點滴
注入我的身體
像給了我勇氣和法力
使我的疼痛逃離

第 160 首 . 清靜無為

我把心事輕輕的放下
小心的看著
它們
不停地向我糾纏

我們面對面找出心事
解決困難
心事打開了
一排的擁擠
躲藏
一堆良心的罪惡

每一堆都如惡煞
每一堆都面目可憎
要怎樣它們才肯離開
而離開後不再回來？
是以道德勸說？
是以溫情感動？
還是以佛法渡化？
短期只是有效
但長久不能解決

為心心開一道窗
為心造一道門
讓慈光普照讓仁風流暢
讓更多善良、樂觀的進來

（繼續第 160 首. 清靜無為）

把邪惡憤怒擠開

讓雨把心洗靜

讓心在慈愛的光輝中

在風雨的滋潤下成長

找出道德的勇氣

把心事顧慮的門打開

迎接清靜和無為之道進來

第 161 首．上課

坐上公車在往學校的路上
車道堵成一條長龍
到了學校趕往教室
忽忽的和空氣推擠
上課的時間
長長的排到走廊
調整情緒
走在光的時空走廊
我已來到教室門口

放下書包忽忽的
把它掛在書桌的肩膀
坐在知識的搖籃

聽老師的聲音在腦海中迴響
他為了把教學的內容灌入
同學的空白記憶中
與考試的難題一起播放

課還沒上完
總還有一些自信的同學
以驕傲的目光在上課中
私下討論
老師只說了一句
有問題舉手或下課後找我
少數的異議
便再也沒有聲響

第 162 首．素食

誰懂得吃素
誰知道一個人
可以從吃素中
了解多少道理
可以吸取
多少慈悲的能量

誰可以幫助青菜
搖曳它的菜葉
張開雙手
向上天和時間祈求靈氣
誰真正像農夫的心
用雙手
在泥濘中把青菜從新種起

誰為了一棵青菜
淚流滿面
誰在烈日當下
陪著青菜一起唱歌成長
誰在風雨中
走了幾里路
把愛澆到青菜跟前
前人
拿了青菜做成素食
講出了
慈悲的道理

第 163 首．在得失之間

在得失的取捨中
得到的增加與失去的減少
比原來
更有可觀的心得
我就是這樣的一個行動者
我希望
取得更多的收獲
但希望減少損失

我不時顯現如梅花般的意志
在寒冬冰雪中花開燦爛
吸引我的多是它的堅忍
然而只是為了付出辛苦的努力
我才希望得到成果？

在領悟中
得與失的取捨，我選擇付出後得到
但在得到的成果中，我捨得放下
為此不論得或失，我只能平常心看待
因為因果中
有一得就有一失
有一失也會有一得
那我又何曾損失、又何必慶幸曾得到

第 164 首 . 聰明與勤勞

聰明和勤勞之間
他聰明又勤勞
聰明的人不少
勤勞的人也不少
聰明又勤勞的人
不知有多少
所以他常有機會升職加薪
所以他不知低層的無奈
低薪和困苦和他保持距離

只有聰明，沒有勤勞的人
只是像耕作，一分耕耘一分收獲
多少付出，多少成果

只有勤勞，沒有聰明的人
要能知足，只要多一分努力
就能多一份福氣

沒有聰明，沒有勤勞的人
只要自求多福，少自以為是
少不勞而獲，要靠自己努力
要能安分守己，要多用心學習
培養好的志向和興趣
要多為自己、為生活努力

第 165 首 . 沒有用的廢棄物

我被分配到新的工地
發現這裡的工具不充足
只能
白白的浪費人力
我看到
工具室中只有桶子
沒有推車鏟子
我怕沒有作出工作數量
只有先徒手搬運
上下來回直到搬出些成果
忙碌的我累成一灘泥
只剩一張氣喘噓噓的嘴
老闆
從外地趕來這裡，看到的是一堆
已搬好
沒有用的廢棄物和一群無辜的工人

第 166 首 . 冷靜的本領

靈感從精神的雨林
吸取靈氣
附著在木漿的紙張

沉默的靈感發著呆
陪伴它的是
寧靜的樹與無語的
蒼天連成一片

當我在寫作的時候
也必須
先學會比樹更冷靜的本領
在我遠離吵雜的環境時
思緒被滿地的落葉掃過
流落到
滿是荊棘的文字裡成長

一顆果子
在創作的雨林中長大
一篇寫作
在飢渴的不堪中掙扎
我輕輕的咬了一口青澀
任憑時間的種子
掉落一地的荒涼

第 167 首 . 今天快樂的笑

今天快樂的笑對於生活樂觀
對工作快樂對事業滿意

在生活中知足常樂
對於家庭親人付出真愛
給予關懷
對於朋友
付出真誠、給予鼓勵
對於愛情
付出真情、給予幸福
對於人生
享受精采、活得快樂

在工作上盡本分，遇困難能用心
對績效能盡力，對責任能盡責
以愉快的心情，迎接工作的挑戰
在事業上發揮專長
從樂趣中，創造事業
從事業中，創造幸福

不只是希望賺更多錢
而是使自己更有意義
更有成就
為人生多添加美滿和快樂
今天快樂的笑不在於成敗和挫折
而是以樂觀的
人生來一笑解憂愁

第 168 首．一個故事

這是個感人的故事
扣人心弦的情節
只是離別父母、故鄉
放不下的心
寫在紙上
一路奔波的離愁

現代資訊是網路發達的年代
故事在網路上流傳
手機傳來父母的問候
我因此懷念起故鄉的溫暖
想起父母的期待

故事的感人處
是我為了家裡的事業
與一個客戶債務的糾纏

債主的女兒
不是我所愛
我勉強接受的無奈
放下自己的心愛
假裝無情的傷害
辜負昔日舊愛的悲哀
為此情傷感難忍
為分手言語難表
為絕望文詞難書

（繼續第 168 首.一個故事）
只能難過
裝作無情來離開

我的一生就這樣
遭遇難以接受的宿命
無法擺脫的困境
而不停掙扎於故事的情節
也無法改寫故事的內容
傷心的情節
在變化故事的高潮
無情的劇本在寫實我的人生
我的夢、我的愛
離我想要的故事
越來越遠

第 169 首.朋友

朋友活在希望之中
在需要幫忙與支持的時候
我將思念不斷的拋向雲端
那些在收訊後回覆的朋友
就會關切的來到眼前
比書中乏味的老生常談
更為精采

為了工作,我生活在熱鬧的城市
守著幸福美滿的家庭
在工作繁忙的日子裡
時間像彩蝶飛舞
不時的向周圍的鮮花獻上了飛吻
而我也像彩蝶在忙碌的生活中
與朋友的來往互動

想念朋友時就上網聊天
聊一些鼓勵和祝福或相約出遊
和他們一起走出一片新的天地
或出門拜訪

或招待家中暢談一片的知心話題
聽朋友怎樣從心底談起
到開心的結束

第 170 首．無名英雄～模板工

一群黑得發亮的模板工
一群勤勞用心
被忽略的螞蟻雄兵
無怨的付出
背著安全裝備的工具
敲打出不計其數的施工
甚至在旁的巨大建築裡
也聽到他們的喘息和躁音
而骯髒、笨重、汗流夾背
正在考驗著他們的耐力

此刻陽光直照下的工地
正如熱鍋裡螞蟻的著急努力
黝黑而沉默的身體
臉上滿是疲勞的木屑
高溫、雜亂、危險步步進逼
恰與建築的強度成正比

模板工在給所有的隔間結構
釘制成型
他們依圖施工造出理想
而那些空有理想
不切實際的人
卻不如他們
他們是為自己的理想
和別人的住居～努力的無名小卒

（繼續第 170 首. 無名英雄~模板工）
此下唯我默默的觀察著他
黑亮沉重的身影
依然還帶著年輕時的口頭禪
還為此增加了
不少誤解和仇視

陽光下的建築工地
一群在太陽底下
被曬得黑亮的模板工
在一處處的釘組施工外模
釘組著生活幸福的模型
用汗水釘出藝術的造型
釘下了完成的結構藍圖
給我們一個安心的幸福
大樓

第 171 首 . 生命的藍圖

我常常想為自己的生命
寫下一部小說
或者一篇人生的記趣
以防
萬里晴空中突然的一次霹靂
以及生活裡
另人羨慕的好運當中
降臨的一場厄運

而我對於人生的希望
還有很多沒有達成
工作和家庭才剛搭造起
順暢幸福的橋樑
一間美麗的窩也僅僅付了
幸運的頭款

對於生活的浪花也是多虧欠
鄉里中的父母親友他們
寂寞的心情還盼望著
我用愛的光輝
灑遍他們靈魂的深處
城市裡的朋友同事
他們為事業所困為生活所煩的傷心
也暗暗的渴望
我溫馨的笑容化解
許許多多的約會聚餐

（繼續第 171 首 . 生命的藍圖）
等著排隊
在不同的時間、不同的地方
他們熱情的呼喚著我
等待一個心靈的交流

為此
我必須寫下這些生命的祝福
我像得到了人生幸福的希望
以及對於親友所有的關愛
而時間
也樂於證明和接納這份生命的藍圖

第 172 首 . 你看她的眼

你看她的眼，你看她的眉
看的時候神魂顛倒
想的時候令人心動
除了難以形容之外
只有仙女和情人有
這樣的美貌

她的眼睛像一個迷人的陷阱
帶著有色的眼鏡
頭上頂著一把黃色的刀
她的周圍不時出現許多
迷途羔羊
無心的誤入圈套

她的眼睛熱情而亮麗
使人著迷或者另人情不自禁
這雙迷人的雙眼
只有少數人能逃離
那少數的人只把她當成花瓶

第 173 首 . 遊子

大雨洗淨了大地和遊子身上的塵土
異鄉的遊子你來自何方又
將去那裡流浪
我不明白的想，對於他居無定所的疑問
詩人們早已經寫出來了，如果他還未曾想到
那就是詩人詞不達意

多年以後我又遇上那遊子
想起那時他幼稚年少的臉孔
如今已是佈滿滄桑和歲月的痕跡

我只是想一生只要堅持的走下去
那麼異鄉的遊子他的目的正好南轅北轍
根本是到不了也走不完的迷途人生
好像不前不後的走入一個迷宮的遊戲裡

第 174 首 . 讚美

我覺得讚美一個人
是所有聲音中最甜蜜的一種
這個甜蜜的製造者
並非我熟識的人
我看見他從讚美的那一頭
朝我走過來
我面對著他的微笑
我衷心的感受到他的祝福

我的心有一股激動的喜悅
我覺得他和我是同一類人
他的見解和感受與我略同
而且我們有許多相同的看法
就是認同人生是一個
善良和光明的大道

我相信數十年後仍然會有許多
和我們一樣的人
在為人生的大道努力和奮鬥
當人們在發現我的許多文章的時候
在細細的品嚐中體會人生的滋味
而我的詩中的一小段
也被提出來當作理性的探討
似乎還有餘溫燃燒著的溫度
像一篇很久遠的家書在人心中流傳

第 175 首 . 心靈的音樂

音樂聽久了便感到煩膩
收起耳機放下書本
來到陽台靜靜的發呆

無聊孤單的日子
做什麼都提不起勁
聽著輕柔的音樂
一段歌聲飄出來
在空中盤旋飛舞

我到底想聽什麼音樂
而我空虛的心靈開始讓我
不知所措
為什麼
我找不到心靈的寄託？
為什麼我的心
像一首沒有開頭的曲子
也沒有結尾的善歌
我只能放下無知
調整情緒讓心靈安靜的沉澱

第 176 首．真心的想像

真心不知去那裡了
平常的心已經生銹
想像怨念的槍口已經上膛
慾念的軍隊已經出動
邪惡的重炮部隊
已佔領了無心的山頭

我們今天就徘徊在這條
想像的水平線上
想像驕奢淫妄、貪圖富貴榮華
想像愛慕虛榮權祿
想像偽裝成善良純樸的信徒
想像心懷虛假的信仰
想像做出違背真心的舉動
我們要適可而止
好好的想想當我們

坐上豪華嬌車，出入五星飯店
當我們身穿名牌服飾
手掛名牌背包
當我們出手闊綽大方
而浪費時間、金錢、食物
當我們不知節制
不知節省的享樂時
我們的祖業家產
三代累積，一代開空

（繼續第 176 首.真心的想像）
祖先們肯定想不到他們的子孫
會如此揮霍

而祖先作了努力的創業守成
刻苦辛勞等於白白的浪費葬送
把真心找回來在平常的心裡
放入真心
以真心對待人生以真心領悟大道

第 177 首．我們的歌

我們並坐在星光閃爍的銀河下
人們已沉睡在夢鄉
天上的月光映在我倆的心海
我們凝視天空握手不語
一顆神祕的流星從天上滑落
經過我倆的心頭

今夜明亮的月光映在心海的浪花上
我們來到海邊傾聽浪花的聲響
一朵浪花從我身旁飄過
我看著它如夢的虛幻存在短暫的風光
它在找尋夢中的情人
我倆在月下思念故鄉

生命的浪花不斷的拍落在我倆的心底
我輕輕的壓住心海的起伏洶湧
妳讓心底的浪花化成了歌曲
譜成一首我們的歌

第 178 首 . 人生之道

學習各種人生的道理
在人生的路口徘徊
它們或是直接的教條
或是間接的比喻暗示
或是迷信的信仰
什麼道理能夠明白的訴說
我想沒有一定的道理
只有默默的體會與領悟

我知道多說無益
對於許多事情、許多感情
對於曾經幫過你的人
就像花開花謝
因應自然因果循環的自然之道

各種各樣的人
在我們的周圍來來回回
他們為生活忙碌著
或有快樂、或有悲傷
各種滋味嚐在心裡
但表現在臉上的也是相由心生的
表情吧

只有真正的領悟人生之道
才能真正的解開做人的迷惑
只有在平常多修持學習為人之道

（繼續第 178 首. 人生之道）
並在有餘力下助人為善
才能了解聖人所說的
吾道一以貫之的大道

第179首．夜的天象

在黑夜中星光閃爍
我在星光下欣賞夜的天象
看它是否有異象
是否有預言能召告天下
聽先知者的預言是否成真
我想從星光中找出異像

星神祕的佈局
他們的轉移和宇宙有著
未知的牽連
是人們渴望知道神祕科學

我曾經不了解到現在想知道它的奧祕
黑色的夜是光的門窗
我思索種種疑問在夜的星光下來回踱步

黑夜是人們的夢鄉
在一個夜長夢多中追尋
在一種放鬆的情緒下安眠
在一種墮落中消沉
誰能在黑夜中放下負擔
完全的輕鬆自然
誰能離開黑夜的清涼
在永日中受熱煎熬

（繼續第 179 首. 夜的天象）
夜像母親的手~慈祥的撫慰孩子們的心
夜像父親的眼睛在茫茫的模糊中
消失的臉孔

第 180 首．淡化的愛情

當愛情的滋味逐漸淡化
我的心像一個寧靜的湖泊
只有太陽的熱情溫暖著我
是時間忽忽的走過
是生命節奏的跳躍

那些憂愁的落葉在空中哭泣
那些黑夜的星光
伴著月夜的暗淡而閃亮
原以為足夠的人生
今天才了解那只是表面的擁有

日出月落自然依舊
而我們的愛情在淡化生命在衰老
彷彿是夕陽之後的黃昏
彷彿是在雨中冷卻了的熱情
把當初的滋味收藏起來
在熱情的溫度下
烘乾
穿在身上暖在心中

第 181 首．心安

你像充滿活力一樣
連忙於創作
在寧靜的思索中
寫下了長篇大道
你把無知的迷惑解開
從此光明和希望走入了
人生大道

重覆著的生活重覆寫
像一個母親的
叮嚀
起初你還覺得豐富
但在你的用心下
像一幅幅的美照
百看不厭

你的忠言像一把
剪刀
剪去了無數的煩惱絲
沿著迷惑的邊緣緩緩而下
直接就給人一語道破
你的用心如同菩薩
你的智慧像太陽
智者不惑

（繼續第 181 首．心安）
智慧之光
照亮了許多迷途遊子
而你的人生也是
多犧牲奉獻給道場
只求一個心安

第 182 首. 沒有計劃的人

沒有計劃的人在路上走著，沒有目標
沒有目標的人在人生的旅途走著，沒有希望
沒有希望的人在幸福的大道上
走著，沒有信心
沒有計劃的人走回他的內心

拿起一支沒有色彩的筆
那筆一點一滴的淚水已經流乾
他的手不斷的安撫變成一道歲月的刻痕

沒有計劃的人攀爬一座山，拉著一串樹藤
輕易的跌傷先撞破頭皮再撞碎夢想
我看到另一個沒有受傷的人
一張臉出現恐懼和慌張

沒有計劃的人表情呆滯，我從旁邊走過
問他他不知如何回答，眼神空洞沉默
臉上滿是失魂落魄的沮喪

第 183 首．悲傷

當風吹乾了臉上的淚水
悲傷便無情地在你的心底留下刻痕
偶爾的悲傷或不可避免但也是正常的情緒發洩

它是傷感的情緒內心的起伏是害怕、憤怒
痛苦、災難、失去、死亡……引起的不滿表現

人們虛偽的快樂使它得到收斂
即使失意、不滿的時候也表現出開心的微笑
悲傷的情緒，難以捉摸只有時間能淡化使它沉澱
或許知足的心樂觀的態度能減緩它的復發

只有化悲憤為力量才能有快樂的
希望把一時的悲傷化作慈悲的心
去幫助鼓勵同是悲傷的人吧

第 184 首.美麗的台灣

天空的美麗仍然是我們的台灣
走一走春天美麗的微笑景色迷人
看一看苦笑的勞工
聽著低薪看漲的議題
領著別提有多高的工資每天加班
春天的晚上，寒冷的心情

我年紀也不小了涼一下的夏天
滿山的清爽、滿地的花香有著新鮮純潔的靈氣
我安心的渡假一個夜晚，就是一個星期的工資
早上醒來在山林裡看著夏天發的脾氣

仍然住在台灣，永遠住在台灣
冷清了的秋天孤單的老人，貧困的生活不斷
老人垂頭領著年金有越來越多的老人
我是秋天最後的一朵小花在心冷的大地枯萎
你無意的看著落葉在空中飄零
天高地厚的寶島啊
我戴著灰濛濛的眼鏡白色的口罩
站在海邊無言的沉默

第 185 首.感受到生命的美麗

走在夕陽黃昏裡
我感受到生命的美麗
像夕陽中天空的美麗
像黃昏的雲朵出現五彩繽紛
的神奇
飄著千變萬化的想像力
像難以平靜的風
帶走瀟灑的風度帶走歲月的痕跡
也帶走了青春的記憶
更像這條春天裡的路生機勃勃
和風細雨充滿生命的朝氣
不管白天黑夜裡，刮風下雨
從少年到白頭，它永遠不停的
穿過流水，越過高山的前進
不停的前進，它經過了海中的魚群
經過了山中的野獸
經過了前人聖賢
和平民百姓，現在又經過了我們
它有著神奇的奧秘
而我又在它的
神秘裡，扮演什麼角色？
生命只是帶著我們，不斷的前進
像這個黃昏中，隨風飄動的雲團
我們只不過是，雲團中瞬間消失的
光彩

第 186 首 . 公園裡的盲人

公園裡的盲人在表演
在表演著一首動聽的歌曲
我看到盲人在綠蔭樹下準備
我靠近盲人的時候
盲人就坐在表演處音響旁
我與盲人只是那麼近的
打了聲招呼
就有一群遊客熱烈的走了過來
圍成了一圈

盲人在公園表演，表演著一首首
美妙動聽的歌曲
而另一張椅子上也多了一個
年輕貌美身材姣好的女孩
深情的合唱
她是盲人的女兒，她是盲人的依靠
公園裡的盲人在唱歌
熱情的遊客給了不少金錢鼓勵和
掌聲
公園裡的盲人
他帶給人們不少歡樂的時光
而他自己的人生卻令人辛酸

第 187 首 . 想你的時候

想你的時候幸福的眼神是美麗的色彩
一個動作、一句話、一個深情的微笑
就讓我久久不能忘懷
那時的心是痴情的純真
快樂是粉紅色的長在路旁的小花
綠葉陪襯著的是我愛你的心

那時的夜很靜，我的心是熱情的
我們的愛在滋長夢想開滿青春的田野
我們在路上散步說起甜蜜聊起心事
現在想起來還像是在昨天的感覺

第 188 首 . 中元

每年陰曆，七月十五
中元吉祥，行孝道月
佛道一家，地官降下
定人善惡，賞罰分明
釋出亡靈，餓鬼罪魂
法師唸法，亦得解脫
施食祭拜，亡靈遊魂
享受香火，激其向道
蔬食供果，亡靈歡喜
清香敬拜，中元普渡

古今流傳，目蓮孝心
神通救母，不敵業障
求助仙佛，指點迷津
發慈悲願，孝感動天
法善充滿，盆羅百味
素食供果，功德無量
藉此慈悲，僧神合力
脫離鬼道，可救亡母
眾生誦經，超渡亡靈
普渡慈航，早脫苦海

及時行孝，如樹欲靜
而風不止，子欲養
而親不待，感念父母
天恩浩大，在平時多孝順

（繼續第 188 首．中元）
並在中元，為祖先唸法誦經
備蔬食供果，為父母禮佛祈福
供養眾僧，為現生父母
增福延壽
報答父母，養育之恩

第 189 首 . 手機

現代生活中的人們
已經離不開手機
已經陷入了著迷

因為手機使人們低頭
低頭看著手機
而且越看越近、越看越久
為此我的眼睛，模糊了視線
眼鏡改變了手機和眼睛的
距離
暫時得以清晰，但長久是個問題

因為實用的手機使我可以上網
找工作、上網購物、上網聽歌
上網逛商場、上網看導航
上網訂飯店、上網看臉書
上網聊天、上網訂票
為此手機的普及
已經被多家電信商所包圍
因為更多的基地台
已經覆蓋了，我們的城市
所以在我看來城市不過是
一台放大膨漲的手機

第 190 首．快樂停留很久

我希望快樂停留得很久
果然它就來得很久

從你的臉上一直感染到
我的臉上
從你的微笑一直傳染到
我的心裡

有人說兩個人分享喜悅
要比自己一個人快樂的好
因為快樂使人興奮
使人充滿希望
快樂的人他能將一種
興奮的心情傳染擴散
而除了快樂還有悲傷
而在悲傷中除了找人分擔
就什麼都沒有

那麼兩個人一起快樂的出遊
你感覺如何？我們會在
大自然中快樂的漫步
身上披著喜悅的雲彩
腳上踏著快樂的時光
臉上帶著幸福的微笑
心裡充滿甜蜜的果實
眼中呈現自然的美麗

（繼續第 190 首.快樂停留很久）
路上儘是草青樹翠
百花盛開鳥語花香
蜂飛蝶舞的美景

我希望快樂停留
得很久它
果然就來得很久
彷彿我要它停住
它就停在我心裡
留下美好的色彩

第 191 首 . 吵鬧

我們不是熱鬧是吵鬧
會使人心煩但不會很生氣
會使人感到痛苦
但不會有很大的壓力
但依然會傷害無辜的心靈

我們不是熱鬧是吵鬧
在人群中、在馬路上
在工地裡、在工廠內
只要有人的地方都有我們的身影
但大家都討壓吵鬧需要安靜

在需要安靜的環境中才能冷靜
思考解決難題更能專注如一
創造佳績
在平常寧靜的日子裡放鬆心情
消除煩惱

再用心來深思熟慮使生活更安心
自在
所以要遠離吵鬧的環境必要時
戴上耳塞、用起耳機來減少
吵鬧的傷害

（繼續第 191 首．吵鬧）
生活中為了減少吵鬧
只有從自己做起
放低音量、少制造躁音，避免影響他人
不大聲吵鬧、不高聲喧嘩
要求自己做到也規勸和提醒他人
大家注意安寧，減少吵鬧
影響情緒

第 192 首．好友的網友

我到處瀏覽重覆停留
在心靈之上
經歷折磨與苦難
一個考驗接著一個考驗
一個危機接著一個危機
它們都是我要解決的難題

妳生花妙筆循循善誘
引導著網友去思考人生的
方向

道義的思考如空氣的彌漫
不可抵抗
妳說服起好友和散漫的心
無所不至的寫著平常生活
和一切基本的為人之道

在富有愛心的詳盡中
網友
被妳漸漸感化成慈悲的信徒
親近妳信仰的道場
成為妳所謂的好友

循循善誘妳要的就是這些結果
渡化他們或是被他們封鎖

第 193 首 . 比較低薪的生活

在物價高漲的現代生活
總會遲疑不前
多年的生活教我學會了
精打細算
一個人穿什麼衣服
多少錢？
就讓我心裡開始估算起來
但無法找到那麼多
換季拍賣的折扣

多年來對於拮据的生活
充滿灰心和失望
讓低薪過著高物價的生活
經過結算每個月的開銷
常常到了月底成了月光族
而憂慮像決堤的洪水一度氾濫

賣場內擺滿高貴的蔬果及肉類
幾天前它們遭冷落的對待
什麼都很貴
只有等候快過期時的半價
我無法賺到更高的工資
生活於是省吃儉用

我漫無目標的生活
老舊的機車

（繼續第 193 首.比較低薪的生活）

陪我度過一個又一個

失落的夜晚

吹來一陣又一陣的西北風

帶著知足的微笑

只好能少花多少是多少

第 194 首. 不一樣的結果

高山上的樹永遠感受不到
海的深沉
海中的魚兒亦無法體會
山的雄偉

我們在各自回家的路上相遇
你要辦的事被人以資格不符
的名義綁住了手腳
而我要買的東西也以限量為由
強購一空，錯過了期限
你於是鼓起勇氣
再接再厲繼續
辦你的要事
我於是抱起落寞
索性大肆搜購
次級品

我們那麼多年的知心交往
後來不得不用一種冷淡的微笑帶過
我們曾經的山盟海誓
變成了一堆發黃的記憶
一個心找不到知己
一封信找不到住址
一句解釋的話語找不到開頭

（繼續第 194 首.不一樣的結果）

人生總有一些感傷和失落

在挽回中，難忍悲痛

在放下時，難過難捨

我不知道，這是緣份

或是其他，什麼因果

第 195 首 . 糖

糖是一粒很小的甜蜜
放入口中甜在心裡
它是好純潔的白糖
像開心的紅糖
是單純痴情的冰糖
如黑夜美麗的黑糖
真甜蜜愛情的麥牙糖
正熱戀香純的蜂蜜糖
享受熱情風趣的果糖

加入食物中增添了口味
加入湯汁裡是加了愛的滋味

糖的味道是母親的慈輝
愛了我一生
糖的多寡是妻子的辛勞
照了我一世

糖是一粒很小的甜蜜
一包很輕的愛的包袱
我總是一次一次的扛起
疲憊又歡喜

糖很甜
份量多少隨人歡喜
為了健康的身體

（繼續第 195 首．糖）
我只好少量而節制
看在眼裡、想在心裡

第 196 首 . 给父親 愛的擁抱

請讓我給你一個深情的擁抱
深入你的心房
深入你臉上的皺紋
深入你辛苦的汗水
和時常發作的腰痛腳痛

讓我用實際行動為孝付出
買下您的不捨
改變您的生活
創造您幸福的下半輩子
帶走您的孤獨走向歡樂
走向美麗的旅途

父親如果您腰痛了腳痛了
就讓我當您的雙腳
帶著您四處遊走
讓我帶著您把快樂栽下、把幸福補滿

父親您如果家用少了，冬天冷了
就讓我的愛化作暖暖的心意
為你帶來溫暖的大衣為你奉上
安心的養老

而我遲來的孝心只是恨太晚
父親請原諒我年少離家老大回
這些年來我的無知、我的不孝
讓您多受苦多操心

第 197 首．道法自然

沒有什麼使我在意
除了人生
縱然路邊有野花
有迷人的舞台
還有熱鬧的城市
但我是理性的信仰者

或許有一天人生的旅途
使我疲倦
在一個落葉飄零的黃昏
我累了
「自然」也累了

生活使我有新的領悟
我將慢慢的自理性的信仰
了解「道法自然」的奧妙
也許有一天我能真正了解
原來人生除了基本的為人之道
還需「自然」、「清靜無為」之道

一樣是道理
卻有不同的人生結果
我感到「宇宙的奧妙」人類的渺小

第 198 首 . 青春的記憶

他處在青春的叛逆期
迷戀電腦遊戲的奧秘
一本潦草的日記呈現
他叛逆的情緒和浮躁的心理
而他把浮躁的心裡帶到
生活裡
他將平時的叛逆也帶進
平淡的日子中
然而平淡的日子並不能
滿足他的脾氣

一場意外的發生使他骨折
受傷住院
這場不幸的車禍使他恐懼消沉
不得不重新收拾起放蕩的心
在用心的反省中他改正了
一個又一個的惡習
褪去受傷的外衣只是他的
單純與天真

他將重新站起來找回
青春的歡笑
而對於過去只剩難以
抹平的傷痕
和一段青春的記憶陪著他

第 199 首 . 生氣

我不知道你生什麼氣會如此口不擇言
暫時的發洩內心的激動、憤怒和不滿
既不能溝通也無法解決
也沒什麼意義

我待在你的脾氣中停留在
你滿腔怒火的一種想法
你滿懷著憤怒和不滿
帶來的快感
我沉默的聽著你傷害人、刺痛人
你也沒有得到什麼優勢失去你的性質

你很敬業樂群也沒有什麼心機
只是偶爾發發牢騷
你常常為朋友加油打氣

你是那麼擇善固執的麻木
堅持著直來直往的性格
並盡量心平氣和的來啟發
朋友的失望

第 200 首 . 對父母的愛

在小時候想要遊戲玩耍
只能在家附近的田野空地
跟著一群天真的玩伴
一起嬉笑遊戲
我們的心躲在那棵樹旁使得那個
找人遊戲突然不知從何玩起

長得越大的則離家越遠
他們並不想到城市裡
城市裡沒有他們想要的家
我為了工作事業也只能在平時
或休假日及年節才有時間
回家探望

父母一日一日的蒼老
家中一日一日的空洞
但父母在家裡沒有人照顧
為此我除了工作就應該多陪父母
把距離拉近
在時間和經濟考量下
把父母接來住下把孝順
和照顧的責任承擔起來

父母的愛無私無怨
恩情深似海
對我的愛一點也沒有減少了

（繼續第 200 首．對父母的愛）
而我的孝心確只是在遠方之外
慢慢的燃燒著
溫度在風中飄散
不能及時的溫暖他們的心
我離父母越遠我的心就越難安

第 201 首．知足的人生

在人生的舞台誰在主宰
誰能一帆風順
平靜的苦中作樂
誰能衣食無缺穿金戴銀
享受安樂
誰能高高在上叱吒風雲
誰賺夠了一個人生
了無遺憾

捫心自問你知足了沒有
知足了就不必再
強求
畢竟緣份盡了是要分手
福份盡了也莫強出頭

我們從出生到死亡得之於
人者太多出之於己者太少
何時心存感恩之心？
何時為人付出
不求回報
知足的人生
你可曾付出多少自私的擁有
將使得自己失去感恩的心
知足樂的人生你為大家
付出夠了沒有

第 202 首 . 簡單的「道」理

一個多簡單的「道」理能使我們
了解生命的意義
我們正在思考比「道」理
更簡單的理論
在我們的本性中
我們總是教人~行善
但也是依據「道」理中
最簡單的層面

我們在讓我們學習四維八德
的環境中成長
在「道」理的成長中我們學會
基本的為人處世之「道」
我們在人生的旅途中
和「自然無為」的「清境」裡
獲取「前人」「先賢」源源不斷的
來自於「道」理教導的用心

我們在簡單的「道」理中
領悟不同派別的沉重
在我們所了解的各種信仰中
「道」
是不受宗教科學所質疑的哲學
「道」
作為「自然」中真正存在的
理想「道」義的先知

（繼續第 202 首. 簡單的「道」理）
在學習「道」的同時我們本身
也是「道」的一部分身在其中
在簡單之「道」中我們不停地
去實行「道」之宗旨
自然的宇宙是「道」理的母親
是我們信仰的基本起點
而我們的由來也僅是
因緣的造化

第 203 首．夢中的媽媽

小時候看著您安靜的躺著
身旁圍繞著一大群天使
為您送上白色的雲朵
您能回答我嗎這是個夢嗎？
媽媽

小時候天真的想著
我好想再看到您慈祥的
笑容
聽見您最美麗的聲音
你能回答我嗎這是個夢嗎？
媽媽

您能再到我夢裡來嗎？
再抱我一次嗎？
我都想您想得睡不著了
像以前抱著我哄我睡覺
我靠在您溫暖的懷抱裡
感受到您慈祥的心跳
媽媽我好想您

媽媽您帶著一生的辛勞和母愛
正在遙遠的天國裡為我祈禱

第 204 首．快樂的父親

每天晚上回家
我願是
一個快樂的父親
我願我的孩子
用天真的熱情
快樂的腳步
在我的面前　飛舞
用可愛的笑容
亮麗的眼神
在歡呼聲中陶醉

陶醉在幸福的懷抱裡
陶醉在全家和樂的希望中
使我在辛苦的工作時
感到家的溫馨和甜蜜
每天晚上回家
我願是一個
快樂的父親

第 205 首．很久沒有與妻子出遊

很久沒有和你一同出遊
你曾是我心靈的唯一寄託
在這個置身風浪廣闊的懷抱
仍不時激盪著心靈的顫動

但是讓願望實現的可能
若隱若現
我們的出遊仍需假以時日
我的心在灰矇矇的海面上走
過早的遇上了風暴
腳下踩著波瀾多次從險境中脫逃
我怎能不舒發這種感受

如今我在遠方披星戴月的工作
為了讓你的日子過得幸福快樂
你以前沒有吃過苦頭以後也不
會擁有你你將永遠生活在
幸福快樂之中
家庭的幸福就是我的責任
我將
所有的愛全部獻給你

第 206 首 . 遇見前女友

許多年後我去了趟
老友的故鄉
這裡有許多的變化
房子越來越多
道路也很寬敞
只是少了些鄉村
田園的風光

我到過的地方也大多
變了模樣
有一天晚餐時間
老友叫我幫忙買包糖
在不遠的雜貨店裡我遇見了
多年前的前女友和她的丈夫
前女友依然眉清目秀
只是多了些成熟
她認出我了表情大方
面帶笑容像是初次的相遇
前女友的丈夫也認出了我
神情有些尷尬的微笑
其實我很自然
好久不見
經過多年以後很多的回憶
都已物是人非如過往雲煙

（繼續第 206 首. 遇見前女友）

不久後的一天前女友

打了電話給我

語帶哽咽大概我聽懂了

私下約我去公園聊聊心裡話

其實我不知道

前女友過得怎麼樣

丈夫一表人才家庭豐衣足食

前女友請妳想一想這樣見面

在別人眼裡是不是有點像婚外情

還是不太好吧

第 207 首．我所看到的植物

滴水觀音
一滴水、兩滴、三滴水
有毒的滴水觀音
開始顯靈了
大家並不陌生對其
有毒的特性更是了解
其汁液以及滴出的水均有毒
接觸皮膚便會騷癢
誤食會中毒
是一種美麗的植物且四季長青
只要在養護過程中
叮囑家中的小孩
不要去誤食有過敏體質的
不接觸其葉就可以了

觀音佛祖
慈悲的甘露一滴水救苦救難
二滴水消災除厄三滴水渡化眾生
她是人們心中的活菩薩
聞聲救苦

慈悲的佛祖
聞聲救苦，滴滴甘露
解救眾生，慈航普渡
穿越時空，無所攔阻

（繼續第 207 首. 我所看到的植物）
我所看到的
滴水觀音
是一種美麗有毒的植物
也像
觀音佛祖的另一個神奇的化身
只是
一個是有毒的汁液
一個是慈悲的甘露

第 208 首 . 把幸福打開

早上起床首先把心打開
迎接美好的一天到來
喚醒妻兒把笑容打開
讓問候隨著好心情進來
在上班途中把車窗打開
讓清醒的風
吹來清新的空氣
為工作
帶順利來

到了工廠把工具機打開
承接工作的進度和績效
為專注和用心帶來
滿載的數量來
到了中午把
胃口打開
讓美味的午餐填飽我空虛的胃
讓營養的菜色使我充滿活力

等到了下班回到家裡
把幸福的門打開
看到妻兒滿是幸福的眼神
帶著滿足的微笑
我的心情也跟著笑意快樂起來

（繼續第 208 首. 把幸福打開）
晚餐到來全家把溫柔的燈光
打開
坐上餐桌
桌上的美味是妻子的愛心
桌上擺好的碗筷是
孩子們的孝心
我只有一顆愛家的心
陪著妻兒們，把家的溫暖打開
讓家人在幸福快樂中
無憂無慮的，把愛的心打開

第 209 首．青春的歌

夢想和愛情譜成
青春的歌
現實和努力也會有
辛酸的嘆息
為了理想而忽略
愛情的美麗
故鄉裡有情人在哭泣

大肚山的月色是那麼美麗
清水休息區的夜景是
那麼
快樂的呼吸
理想在美景中呈現
愛情像你的秀髮在
風中飄逸

想青山綠水同遊的回憶
思念像樹的冷清
你還是那樣的美麗？
我知道滄桑已爬上你的額頭
白雲也佈滿了你的頭頂

但白雲沒有遮住了你的雙眼
愛情的快樂是再乎曾經的擁有
山水依然美麗明月依舊亮麗
為我們的青春之歌再唱一曲

第 210 首 . 簡單的了解

我只是翻了一些數據
就有些了解了
後者更簡單我們只是問了
一些專業士就有許多的知識來了解了
當部分的資料送來
事實有利於我方而
另一件相關的資料也了解了
且它可能會比以前的
問題更簡單

所以眼前所見的事實
就會像一個證據在說話
把握各種有利的資料靜候著
客觀冷靜的分析
也許我只是私下做過一些
調查而在用心之下有什麼疑問
也已調查清楚了解了

了解宗教的信仰
聽聞講經說法領悟修身之道
我們各個善男信女
從中領悟也有些了解了
並且將我們的心連成一片
就像善良的一片菩提樹林
也許我一生的遭遇會因此轉變
與善結緣或者就像平常生活中

（繼續第 210 首. 簡單的了解）
我將找不到人生的目標
而生活卻不會讓我
空轉度過不妨說我又一個人
在迷失打轉
只想在茫茫然中找到自我
加以了解

了解自我或者了解別人
都不能了解生命的意義
唯有了解人生的道理
才能了解生命的意義

第 211 首．我曾經去開創我的事業

我曾經去開創我的人生
儘管苦多於樂
把黑暗化為光明把苦澀變成
甜蜜把失落化為行動
最後我把希望打開
把成果享用嚐試它的美味

而在創業初期的挫折
和生活的困境下
當挫折困難落在身上
便要使勁把困難解決
把挫折排除形成一種
新的格局

我知道我得趁機彌補
失敗的大意和失去的機會
還有那些能挽救的事業
在希望中透過朋友的幫助
使得事業有所轉機
在困難中
朋友的互助是足以令人的
感動

我能順利的走出困境嗎？
作為一個堅強的人
我將努力達到成功的階段

（繼續第 211 首. 我曾經去開創我的事業）
而那幫助我在一場奮鬥中的朋友
正是我平時所漠視忽略的人
最後的成功
往往是我平日的善果
我將順利的成果與他共享

第 212 首．希望來了

希望來了快樂也來了
希望中的你和快樂中的我
共同守候著一個美麗的
希望
在等了很久才有今天
努力了很久才有希望的實現

我們在逆境中攜手共進
相互扶持彼此安慰
我們在平淡的人生中
為了希望，天天辛勞
把辛苦當成快樂
假如沒有希望就會失去目標
人生失去了樂趣
生活感到乏味

所謂希望和快樂是對理想的熱情
和帶著夢想的努力
在困境中的突破
永不畏懼的是
困難和挫折
在堅持努力不懈的奮鬥下
和在不到最後決不放棄的決心中
找到成功

此時在希望中的你
和在快樂中的我共同努力

（繼續第 212 首.希望來了）
而努力中的你和上進中的我
得到了成果
在下一個希望的時候繼續為家庭
的幸福努力
繼續同心協力
繼續為希望快樂
的到來找到人生的目標

第 213 首. 山河變色

山河變色人從家鄉逃出
倉皇失措的逃亡
躲藏在讓他安心的夜裡

他們向上天和神明求助
向我軍求援
然而我軍自己也已潰不成軍
在敵前不支倒地

他們曾經的國家是兵強馬壯
所向無敵，敵方懼稱之為
地獄來的使者
或許它有過輝煌的歷史
而現在正逃向未知的明天
他們是多少歲月累積的大國

山河之間是柔和的翠綠
壯麗的山河裡多少故鄉的
田園被割据
他們游走興亡之秋
他們身陷險境孤立無依
他們與敵撕殺
他們在彼此的仇恨中探索正義

曾經富饒的土地滋養了他們
興盛的國土

（繼續第 213 首. 山河變色）
當下貧困交加的百姓
不安的心理只想現在逃離
被割據的國土在人民的家鄉中
無奈的哭泣
他們因此得到特別的待遇
並自強自立

在冷清的故鄉裡
他們揮去破碎的傷痛
進入眼前歷史的傷痕
看到在一處斷壁中
長出一朵小花就在荒涼貧瘠裡
一枝孤立
試圖考驗他們與侵略者的差異

第 214 首.打工

你說休假時我正忙於工作
常常外出打工賺取額外的
收入補貼家用
可是我做這些工作只是
為了孩子和家庭的幸福
卻減少了和你們相處的
時間

你說喜歡帶著孩子跟我
一起散步
從公園慢慢的走到夜市
看熱鬧的人群
買喜歡的衣物
再帶著快樂和滿足回家

我感到很抱歉
你有一個體貼的心
我將更加珍惜
我會安排時間帶著全家
一起去旅遊
為此我手上的工作也會暫時
告一段落

第 215 首．曾經擁有的愛情

曾經的擁有在一
個偶然的機遇上
跌進愛神的迷網
那是愛情的嚮往

彷彿一望無際的大海
倘佯在風吹拂的海上
想手牽著心愛的情人
走向星光閃爍的夢想

所有的祝福都張開了
翅膀
飛往青春燦爛的方向
想那花樣年華時你在
何方愛情來了又走光

彷彿遠在天邊的
星光
閃耀星空的明亮
朝思暮想的愛情
是痴情的迷網

第 216 首 . 希望的台灣

希望的天空有我們的台灣
我這句話沒有一絲誇張
只表示我們的家鄉
有著希望的陽光
使得人民為希望付出了力量

翠綠的山河希望的寶島
屹立在蒼茫的海洋
滄桑的歷史，數百年的奮鬥
擁有光明和希望

外國的入侵喪權的割讓
人民在失落中撐過多少艱難

時代的變遷潮起潮落
希望的台灣依然在人民心中
屹立不搖
希望共體時艱、同舟共濟、衝破難關
打拼希望和將來
只為我們共有的台灣

第 217 首．按讚

網友加我好友
網友希望我幫他按讚
許多網友不斷的加我好友
我每天早晚不停的按讚
遇到有留言的時候
我就忙得又要回覆
又要按讚
看得眼花潦亂
佔去了不少時間
我有時想想
我到底是交好友
看有益的貼文還是不論好壞
一律按讚
按讚佔去了我很多時間
我卻沒有得到什麼
網友問：那你需要什麼？
我說：我說我需要真正的朋友
還有一雙健康的眼睛

第 218 首 . 心中的音樂

音樂是沒有國界的
在歡樂的氣芬中
音樂
總是擺在最前頭
在哀怨的感傷裡
音樂總是會帶給
人們心靈的安慰

音樂藏不住我們的
喜怒哀樂
有時候喜歡聽抒情的
小調
透過音樂來調整自己的
情緒
即便是一首悲傷的歌曲
也能安撫我的心

音樂它越過了落後國家
也越過了已開發國家
甩開了
人為的壓制
勇往無前的走入
每個人的心中

第 219 首．魔術

停留的遊客用讚嘆的表情
發出驚奇連連的叫聲
精彩的街頭魔術表演已經開始

首先找到一個志願的觀眾
請他把他的頭放進一個很多洞的箱子
外面只露出手和腳
魔術師拿出一把把的小刀
長度約有三分之一個箱子的長度
一把把的往洞裡捅像蜂窩樣密密麻麻
之後
把箱子的門打開了，原來的頭卻不見了
大家看得疑問又驚奇，這就是頭搬家的魔術表演
然後
魔術師再把箱子的門關上
取出原來的小刀之後
把箱子的門打開了
只見一個無辜又驚恐的人頭
在那裡喘息

魔術的表演
充滿神祕的疑問
我在猜想是不是頭低了下來
才不會被刀子插到
也不會被人發現
等刀子拔出後

（繼續第 219 首. 魔術）
再把頭抬起來？
若是我去表演
我恐怕也沒勇氣

第 220 首 . 相互勉勵

你是個很有理想的人
滿腹的經綸裝滿道德的勇氣
不怕任何的打擊和壓力

有一天你告訴我
你有點灰心
我給你加油打氣
不論什麼環境
我都跟你站在一起
你說我是個很有前途的人
滿臉希望的笑容
充滿樂觀的想法
不在乎任何挫折
並保持行動力
有一天我告訴你
我有點失落
你給我鼓勵安慰
無論在那裡你都永遠支持我

我們共同的問題不同的心理
我的傾訴帶來了你遙遠的夢想
這個世界總是需要一些
樂觀的智者
來喚醒黑暗中無知的生命
面對黑夜和微風的吹襲
而人一生中不能沒有一個

（繼續第 220 首．相互勉勵）
值得信任的朋友
但是天空的色彩
並不會因我們而改變
我們只有在未知的世界
快樂的呼吸
共同勉勵

第 221 首 . 曾經

我們曾經的過去
無奈的別離
不知妳是否在茫茫人海中
將我找尋

似曾相識的臉孔遮住了
我的視線
一個女孩朝我走了過來
女孩的男友隨後拉起
她的手走開
旁若無人的說笑輕鬆自在

妳接了我的電話
我感到失去了
曾經的擁有
一份工作
就使我和妳分離
難以挽回的情感在消逝
模糊了那些曾經的記憶
讓我感到這份感情
來得甜蜜去的失意

第 222 首．仙佛

看仙佛慈悲的法像
眺望著遠方
我凝視祂的時候
看到的是祂給予的
加持和願望

即使在不同的空間
我也感覺得到祂
慈悲的凝望
一道慈光照到我身上
我像祂一樣本性善良
只是祂在天堂發光
我在人間痴心妄想

在祂得道升天後人們把祂
奉為信仰供為佛像
擺在神桌上接受善男信女的
膜拜獻香
我感到祂的佛光普照
在我身邊閃爍發光
當我虔誠的默念佛號時
心中必定也與祂心靈相通
就在我飽受空虛失落的
人生中

第 223 首 . 故事

聽過精彩的故事總是使人
難以忘懷
為什麼如此扣人心弦？
為什麼如此曲曲折折
起起伏伏？
如果沒有感人的情節
又如何賺人熱淚？

現在我才明白原來人人都有
一個故事
步步都在向前
要不這曲曲折折的走
我們又如何能
相識
慢一步就不能
相逢

要是沒有感人的情節我們的
人生
又如何過得精彩活得幸福
要是沒有起起伏伏的劇情
我們怎會有悲歡離合的人生
恰如兩個陌生的人
無緣對面不相逢

第 224 首．人情冷暖

年輕時走事業的巔峰
從赤手空拳到小有成就
這裡有我奮鬥的辛酸

這風風光光的歲月
有我的努力和用心
它們守著過去
幫我找回自信的年輪

從雲端到谷底
從成功到失敗
這裡有歡笑有悲傷
有厚厚的情感
一段失落的生活
送走我的自信

一群所謂的知心好友
看著我的失落
冷眼旁觀
人情冷暖像我家屋頂的
瓦上霜

第 225 首．勞工

在無名的英雄中勞心
勞力的只有勞工

在烈日下我們一大包
一大包的搬
有時候也不免停下來
喝一口涼水
我們不知道如果沒有工作
我們將如何過活？

在辦公室裡吹著涼風
他們一本一本的算
時常忙得沒有時間上廁所
只有等到中午休息喝一杯咖啡喘
一口氣
他們知道如果沒有算錯今天又要加班

或許我們只是工作的一顆
棋子
在未知的佈局中我們都只是
任人擺佈的棋子

第 226 首 . 拍攝大自然

開始拍照吧請擺好姿勢
那麼多微笑的臉龐
還有許多快樂誇張的表情
別忘了輕鬆自然

面對一個心靈遨遊
湖光山色的自然
一群遊客張開炯炯有神的
精神
往往比活靈活現還要逼真

為了盡情的欣賞，你反覆著來回遊蕩
一種好奇的模樣
表情的緊張
看來比平時的快樂
還多了副天真浪漫的翅膀

想繼續拍照為了一個美麗的嚮往
想留下大自然的山水
桃源在世外觀望

你要遊玩而且還要拍照
要玩出比平常還要炎熱的夏天
且讓自己美麗的花朵盡情綻放
芳香四溢
投入如詩如畫的夢境樂在其中

（繼續第 226 首. 拍攝大自然）
每一次出遊除了玩不就是拍些
美照留念和分朋友分享
因而留下美麗的照片在記憶中時光走遠
為此創作自然夢幻美景藝術而無怨

而你面對別人的鏡頭時
卻忘了自己也是美麗
照片內的一部分

第 227 首 . 把握時間

此刻你最需把握的是時間
迫使你放下的是
你不安的心
滿載希望的人生
在時間的國度裡游走
在挫折的努力中掙扎
堅持到最後的一線
希望
當我們滿懷希望的未來
當我們終於等到今天
朋友們也滿懷信心
狡滑的不速之客為此
坐立不安
看來有決心的計劃不變
所有的希望終於慢慢的實現

第 228 首.偶像好友

認識妳時，打扮清純，稚氣未脫
在舞台上，唱歌表演，盡情忘我
詞曲悠揚，歌聲迷人，表演活潑
花樣年華，才藝出眾，不負所託
追求理想，不斷進修，一鳴驚人
造成轟動，滿滿人潮，一票難求
唱片熱銷，貼補家用，孝順凱模
再創高峯，歌迷加油，溫暖心窩

第 229 首．酒駕

朋友車禍在路上
我
不遠千里的尋找
朋友和我相識已二十多年
我們是工作伙伴
只隔一個鄉的思念
和空汙環繞

病房門外傳來朋友的
痛苦哀嚎
病床只剩痛苦的煎熬
也許止痛針還沒發揮功效
我的心散發著不捨和祈禱
帶著關心守候來到

車禍的責任如何解決
警察和肇事者正在拍照
並進行酒測制作筆錄

酒駕肇事的問題在醒醉之間
公共危險的酒精在路上違法燃燒

第 230 首 . 回到時間的走廊

我將回來
要在該回來的時候回來
要重新拿起我的筆
撩起希望的浪花
要把一個夢想
拋向美麗的方向
讓這個美夢成真
再次完整
成為另一個希望、另一次幸福
直到歲月吹落一地的荒涼

我要翻開
所有的愛情、親情以及記憶的滄桑

要忘掉
所有的苦難回到走光的
走廊
找出我的囂張改去我的
狂妄
要重新開始實現我的夢想
潤色我的希望
要大膽的寫下來
讓所有人都明白

第 231 首 . 生命的陽光

開張的手滑落一片
粉色的夢想
惆悵是散落在身邊的傷
生命的開始
她給了我們燦爛的陽光
夕陽西下時
又遮住了希望的光茫

生命的陽光
不如想像的那麼美麗
有時滿天的烏雲增添了
你的憂傷
一道閃電劃過
接著震耳欲聾的聲響
無情的風吹過
我關上了窗
豆大的雨滴從天而降
砸在我們家的瓦房
彈奏出失落的樂章

我也未曾希望永恆的陽光
在風雨中走過何必慌張
化身新泥放下塵緣美夢
歸故鄉

第 232 首 . 早日衣錦還鄉

凝望時早已充滿悲傷
離別的日子，等待的時間
夜不成眠
守著你一生一世
不忍分離
快樂的時光中你並非走的突然
一次一次失敗的挫折
一句一句甜蜜的諾言
挫折在失望中蔓延伴隨著
孤單
又我一個人站在家中等待
為什麼相思總在分手後
而滿天的失落留下
在你不在的日子裡
我會更加珍惜自己
希望你早日歸來，成功並非偶然
再一次的希望你
衣錦還鄉

第 233 首 . 心靈的安慰

如何給心靈一個溫馨的安慰
讓心情的花朵
在知足中綻放出色彩繽紛
芳香四溢的笑容

可是現實的成果早已熟透
從你生命的脊背盈盈的飄落
那些因成熟而沉默的果樹
抓住一把空氣若有所思的呼吸
單純的農民無法悟出人心的苦果
堅定不移的保留最後的一點善果

為此心靈的成長要靠觀念的改變
改變成：開放樂觀知足平淡
培養自信計畫未來
控制管理情緒保持愉快
改善調整人際關係互相勉勵
多接近慈善道場熱心助人
多看勵志書刊修身修道……等

社會上存在各種各樣的人
在不同的環境中生活
他們為愛付出為幸福而努力
在心靈上不免遭受一些挫折
但我們只要適時的給予一個
心靈的安慰

（繼續第 233 首. 心靈的安慰）
微笑的祝福
就能化解一些生活的苦果

如果每一個人都充滿愛的祝福
接受愛的滋潤
最後得到一個安慰
那麼心靈成長的豐碩收穫
我希望是甜蜜的豐收

第 234 首．滿意的工作

你們做過的工作中
其實沒有任何一個工作的收入
是令你們滿意

繁忙的工作，苛刻的要求
你們像蠟燭一樣燃燒
付出心力
讓整個社會開花結果
俗不可耐的低薪生活
一生的貧窮
前途黯淡
這不是你們想要的工作
你們常想
粗茶淡飯的日子
每天看月亮的臉色
心情有時低落

努力工作為家為國
在工作崗位上盡心盡力
常常過勞每天加班
你們盡心盡力為的是生活
開銷不夠
而焦頭爛額無奈的度過

碰到景氣蕭條時放無薪假
裁員的頭號兇手

（繼續第 234 首. 滿意的工作）
只能怪自己的運氣不夠
反覆的失業生活一蹋糊塗
只得靠些兼差打零工過活
誰能了解勞工的心理
留下過多少眼淚

該知足常樂？該苦中作樂？
你們的痛苦在於你們用
低薪的工作
造就了高物價的社會
結果往往被高物價的社會
所淘汰

第 235 首 . 建築工人的勞力

看到建築工人看到高樓大廈
怎樣建成的不禁使我汗顏

建築工人滿身汗泥的靈魂
在工地裡開創一片新天地
無法使你想像的汗水煎熬
烈日的折磨粗重的壓力
在無情的考驗中鍛鍊出
英雄氣概

許多幸福的居家都是
建築工人先替我們擋去的
烈日曝曬風雨糾纏的苦心
無法以詩歌來形容的驚奇

在他們努力下感到一股
堅強巨大的力量威猛無比
幸福的人正接受他們建築的
住居同時感受到他們的勞力

我看到建築工人具有
鋼鐵的本性
正如大樓裡
建築的強度和耐震抗力
他們是世界上最強壯的
建築工人

（繼續第 235 首.建築工人的努力）
在逐漸衰老的日子裡
青黃不接堅持著為建築付出的心力
我渴望這種精神
堅強的毅力
深入我身體裡

第 236 首 . 岳母的相簿

七十多歲的岳母在房間裡
慢慢吞吞的走著動作遲緩
翻找著櫃子裡的東西
好像在一處處尋找
回憶中的一些往事

突然一個疏忽瓶子掉了出來
破成一些記憶的碎片
櫃子裡的東西也
撒成一片緊張的模樣
紀念品、相簿、可愛的小玩偶
就像往日的回憶全部散了開來
散成一幅五彩繽紛的過往

她呆了一下蹲了下來收拾那些
破碎的記憶
掃了一遍又一遍

最後才打掃乾淨
接著拿起相本開始翻看
就像一幕幕扣人心弦的影片
呈現在眼前
而岳母只是隨手拿起另一本
就說了一大段青春年少
美麗的往事

第 237 首. 未完成的夢想

那是一個很久以前的夢想
我未曾忘記的
在你的幫助下意氣風發
而付出的代價，投入的心血
從來沒有得到想要的回報
你說出一句話
我至今都不能忘
或許我早該醒來

熱情像熱鍋上的螞蟻一樣
著急緊張
而你的嘆息，臉上的表情
仍如以往
像深秋的楓葉飄零的沮喪

生命在成長苦難讓出了一條生路
我不知道的太多，不過我知道的也不少
我不懂得可愛的鳥兒
牠們的歌唱
不懂得卡通漫畫裡的
小叮噹
變化神奇的模樣
還有不少的無知的夢想

我不曉得要多久才能
完成夢想

（繼續第 237 首．未完成的夢想）
一年、二年還是永遠
像那個萬能的

小叮噹
變幻出新的希望
抹去我的憂傷帶走我的失望
告訴我那個夢想會有希望

第 238 首 . 想像的中元

我停下來為了看完一本書
回憶一些過往
那些雲飛烟滅的日子
把紅豆停留在自然成熟
落葉採收

回到今天的起點向天空仰望
想像中元的雨
把行孝道月的哀念
傾訴於天
但祂們能聽得到誠心的祈禱
超渡的法會嗎？

祂們沉默守護著家鄉
向著一座一座空虛的靈塔
莊嚴的遺像裝裱在家中的廳堂
保佑我們子孫出入平安
家吉宅祥

想像保佑我們工作順利
身體健康，逢兇化吉
像神明的慈悲，法力無邊，有求必應
在我們受苦難的心靈
給予精神的寄託

（繼續第 238 首.想像的中元）
路上遇到一個朋友，笑著打了招呼
問候了近況
迷失中我想起我的過往
有一些朋友沒來往
或許失去了他們的方向
一場午後的及時雨
淋溼了我的心情
卻淋不溼我熱情的希望

第 239 首．人生向前行（一）

那些七零八落的心情
那些虛偽無知的笑容
那些陳舊發黃的記憶
輕鬆的放下吧向前行

時間不停的向前行
我們終究要走過那
滿山的荊棘
丟掉那不再適用的東西
撫平那碟碟不休的爭吵
越過心的障礙爬上人生的高峯

我們快到了目標就在眼前
我們要鼓起勇氣向前行
並開始彼此加油打氣
以分享的喜悅來增加氣勢

在那荊棘中受傷的人
浪費胡思亂想的體力
空守著希望的夢想
而成功是靠努力得來的
我們前進到達目的
迎接黎明的曙光
認請目標再接再勵

第 240 首．飛揚的思緒

比羽毛還輕的思緒
飛揚在天空
整個夜晚我寫作
只想到你飛揚的秀髮
中台灣的天空
被打進一篇五彩繽紛的小說
變現出光鮮亮麗的美景

夜已深沉書房中只有時鐘
滴滴答答的聲音
在我的桌上擺著一堆書本
在嘮叨
一些詞幻想著有一個美好的歸宿
一些文章想擁有自由和信仰的懷抱
他和我曾肩並肩在學校寫過的詩
如今只有我一個人還在默默的寫作

飛啊！
讓思緒飛過台灣海峽
讓飛揚的羽毛染上鮮豔的色彩
上傳臉書分享給
匆匆一瞥的各色眼睛
讓我從思考的糧倉中
找出時髦搖滾的旋轉

（繼續第 240 首.飛揚的思緒）

恐怕文字打生活耳光

情願和你近在咫尺

不相見

但是天空並不會為我傾斜

兩種抉擇飛在不同方向的風中

一邊抱以盲目的快樂

一邊則越離越遠

第 241 首．一些人的生活

一些人希望有一個
完美的生活
像做夢的人在描述一個
夢中的美好情況
像一幅立體抽象畫
強迫生活掛上
像美麗的夢想張開嘴在低唱

一些人則想單純低調的生活
讓自己生活在知足安樂的寧靜中
他們生活得安詳過得無怨

另一些人則是走在信仰與懷疑之中
不斷的希望、不斷的失望
在紅塵苦海消沉
他們學會了站在信仰之中
批判昨非今是的自己
反覆的反省
像學生複習時一雙明亮單純的眼睛

每當他們走到困惑的路口
生活呈現一次新的翻轉
選擇也從迷惑中浮出深吸了一口氣
他們從昨天的自己看到今天的自己
思索著不會令前人發笑的思考
想著自己身陷其中不可自拔
繼續執迷不悟的可笑

第 242 首 . 經濟循環

一份財報代表公司向員工
宣佈衰退即將開始
這是一個可能裁員的風暴
蕭條意味著衰退的傷口
衰退的數據構成低迷的環境
無論以出口還是進口都開始
呈現萎縮
公司被迫暫停投資的舉動

繁榮、復甦、蕭條、衰退
是經濟的四大循環，像大自然的
春、夏、秋、冬。

繁榮時過熱的經濟所到之處
都貼出徵才告示
人手不足被迫長期加班
而業績蒸蒸日上的公司
它在擴大投資中
被創新突破的舉動所困惑

而當經濟低迷蕭條的時候
消費者開始縮衣節食
企業的收入因此受到影響
通貨緊縮也在持續中
拼經濟已是眾所皆知的口號
而我們卻只靠微薄的薪水

（繼續第 242 首.經濟循環）
勉強過活
同樣的努力卻有不一樣的結果

關於公司的消息不脛而走
然而它的投資計劃可能若隱若現
員工寧可放無薪假
也不希望被迫裁員
衰退是經濟循環中必經的過程
績效不佳的員工開始在天空與大海的角落發抖
失業的壓力繼續在黑暗的床角
反覆的囉嗦
在公司的營業裡
隨時都有可能在赤字上劃上一筆
並且這是整個經濟循環中
可能的一個經過

第 243 首 . 父親的鄉愁

從家鄉中走出回到祖居的
故鄉
感覺到故鄉的親切
我帶著父親的遺願回來
想像父親的成長
多麼懂事溫順
早熟的心存有一股堅強

父親一生盡忠為國
無情的歲月不敢相信
命運的作弄遺憾的離開
那些思念的親友
那些美麗的山河
在心裡守候
不幸的分離
兩地的相思
留滿鄉音的
失落
那些隱藏在時間
深處的鄉愁
在歲月流失中
枯萎成
黃昏裡葉的飄落

歲月中散落
一地的思念

（繼續第 243 首. 父親的鄉愁）

父親的淚水

傷心的風

飄在我眼前

若非命運的轉變或許我也會

生長在這裡

為未知的造化

過多的苦難

逃離了故鄉

這一生中父親

最難忘的家鄉

如月光下

大草原寬廣的思念

艱苦的足跡

步履滄桑

祖居的故鄉，歷史的見證

祖先的源頭，為人子孫應

飲水思源的故鄉

父親已過世多年而我仍然不能

忘記父親的期望

排除萬難走向探望故鄉的路

那些滿臉滄桑的鄉親

靜靜的等候

往事回憶知多少想起不禁

感慨神傷

第 244 首. 沒睡飽

有時候明明很晚了
他還不想睡
他害怕有很多事
還沒有處理好
他害怕時間不夠用
並儘量保持清醒
有時候明明快睡著了
也捨不得去睡
他心裡有事
害怕睡著以後
一片浮雲
堵塞了美夢
但大部分的時間
他沒有睡飽

第 245 首．敲醒沉睡的時鐘

（詩歌未譜曲）

讓我敲醒沉睡的時鐘
喚起夢中失落的天空
寫盡人生迷失的沉重
看見未來希望在心中

把領悟寫入創作詩篇
把迷惑解開化解啟蒙
合理的規勸受用無窮
合理的開導銘記心中

生命開花於因緣結果
因果造化弄人各不同
命運掌握在自己手中
付出多少結果考驗中

第 246 首．失戀

鳥兒飛翔在天空
風雨裡為它顫動
落花為誰心傷痛
蜂兒訴不盡情衷
只為一時的心動
痴情為此心傷痛

流水無情落花有意
痴情在心中
想起你如花的
容顏
如水的溫存
淚水在眼中

愛到深處纏綿無數
為此多情失去笑容
讀不懂你的眼睛的
語言和感受

想當初月下相視而笑
每天與你厮守的章節
如今忘了諾言和愛戀
熱情已像灰爐般冷卻
你吐出來的呼吸
如深山中的寂寞

（繼續第 246 首．失戀）
痴心總在多情後
為何我的淚水
我的情路，寒冷的心情
冬天一個人過
愛越深則越難受

第 247 首 . 水患

低氣壓籠罩著台灣
大雨一直下
這時洪水滔滔的路上
我仍駕著生命的小船
在風雨中沉重的出航
你把翅膀伸出
可是積水已淹沒了
你的家鄉

許多東西漂流在幻想中
流落到生命的漩渦
滙入一個
恐慌時代裡的　絕望
我看到市區氾濫成災的馬路
突然消失
在一片苦難的枉洋

你飛起來，羽毛溼透
而我在低窪的故鄉和
命運糾纏

你同情我的處境
其實在你淹水的家鄉
有我祝福的
語言
在雨中逃離了水犯

（繼續第 247 首. 水患）
只是時常發生的水患
已讓我把擔心
化成雨水的轉彎
流向幸福的海洋
期望你在高處的平安

低氣壓逐漸減弱
我心裡的菜園
已成汪洋
在黎明的曙光中承受苦難

雨停了
我仍受害於水患的故鄉
整理家園的的重建
看不到未來的光明
只能想像：美麗的夢想以及
大雨不再的希望

第 248 首 . 不同的看法

從不同的角看到的總是
有些不同
同樣一件事
它發生在我們身上
我們所希望的結果和實際的情況
有些差異

它變化著我們的心情
當我們有心栽花
當我們無心插柳
總要有心理準備預算著
它的反應落差

為了同樣的一件事不同的看法
我們要相互尊重盡量溝通
以理性化解岐見以包容來排除猜疑
並坦誠面對虛心的檢討
到底是當初不夠用心或者走錯了方向
而得不到認同
然後樂觀的面對
只求問心無愧
不要因此迷失了方向
或永遠找不到希望的目標

第 249 首．愛的世界

我們因愛而來到這個世界
父母的愛創造了我們的生命
養育我們成長
我們在愛的環境中
體會生命的快樂
當我們被多數人所愛
而感到幸福的時候
是否也想想如何去
愛別人

首先是愛自己的父母
父母無私的愛天恩浩大
其次是潔身自愛
還有應該愛這個世界
大愛無言

那麼愛是什麼？愛是情感的
升華的表現
當我們的情感到了一定的程度
便產生了愛與恨情與仇
表現出正面和負面
愛是使人快樂的無私的愛
而自私的愛卻使人難受

（繼續第 249 首.愛的世界）
當我們愛一個人
取決於身份和心態
我們對父母的愛是孝順
對長官的愛是盡心
對朋友的愛是信義
對下屬的愛是包容
對情人的愛是尊敬
對配偶的愛是負責
對子女的愛是無私
對家庭的愛是幸福
對國家的愛是盡忠
對世界的愛是大愛
對捐獻的愛是慈悲……等
沒有愛的人生是孤獨的
缺少愛的人生是孤苦伶仃
所以人因夢想而偉大
因愛而快樂
就讓我們活在愛的世界吧！

第 250 首 . 打開快樂的窗

早晨醒來打開快樂的窗
迎接希望的陽光
許多風吹過來
吹來清涼的問候
我站在窗前凝望著
世界的美好
一股自然的清香迎風而來
我敞開心靈的窗
深吸呼了一下
給天空一個微笑給大地一張笑臉

或許我的快樂會從開放的窗
飄向遠方的家鄉
而我的憂傷只能停留在心房
給我一個空間的希望
像窗外的雲朵輕盈的飛揚
帶著你的笑透著光亮

有時窗外的天空變得有點灰暗
而雨季的年華朦朧的美
讓你的悲傷留下溫柔的淚痕
此時的窗外我們的世界依然是
一片光明燦爛

（繼續第 250 首. 打開快樂的窗）
或許在人生的路上有時萬
里晴空
有時烏雲飄盪
在世界上
沒有什麼能比天空更廣
也沒有什麼能比海洋更深
唯有我們的心
只是我知道
我們會對著自己的窗
靜的的想風吹走的那段時光

第 251 首 . 一個疏失

這是一個疏失，他失去了
應得的回報
他的心情冷下來
帶著失望過多的語言離開
這是個可以重新面對的考驗
新的希望等著他勤奮的探求

他發生的事情我沒遇過
在一次偶遇中恰好知道
一時的疏失在所難免
當初的事情已難挽回
無所謂得失之間
他可能耿耿於懷

我覺得凡事盡力而為
退一步海闊天空
我想如果是我得不到認同
也會若有所失吧？
一時疏失的事也應該久久不能釋懷

看開吧！得失之間應該懂得珍惜
現有的一切
若不懂得擁有的珍貴
恐怕春天的花朵
遲早也會枯萎

（繼續第 251 首．一個疏失）
朋友在一起要相互勉勵
不能一個失意就滿腹怨氣
事情一樣好好努力
有得到的就好好珍惜
還在希望中的只要盡力
心情才能平心靜氣

第 252 首 . 汙染

誰能了解這世界？
我們的世界
是五湖四海的讚嘆？
是落日的無常？還是滿臉風霜的迷茫？

我對汙染格外用心在意
那任意排放廢氣的煙囪
烟霧茫茫
像深入天空而沒有止境一樣

我渴望的呼吸是如此混濁不堪？
我最大的失望是和這天空隔絕的
另一個區域
無所謂的任隨命運擺弄？

誰能了解這世界散落著一地的
謊言？
誰躲躲藏藏被埋伏所中傷？
讓我去尋訪一些純的模樣
一片浮雲阻擋了我的前方
風吹走了我的希望和夢想
誰能循著建設綠世界和節能減碳的
方向？

（繼續第 252 首.汙染）

沉默被汙染所挾持？

過度的囂張

造成過早的風暴

走在逼迫和逃脫的途中？

貪婪總是伴隨著愚昧和無知在

險境中一起逃亡

第 253 首 . 忍辱

忍辱容得下愁恨
也容得下天下萬物
常有過人的英雄豪傑
揮撒著一片熱血
鼓動天下之大勇
忍辱負重

胸襟容得下恥辱
也容得下萬里晴空
時有慈悲的信徒
在一片的苦海
普渡著慈航
解救著沉浮的蒼生

忍辱的度量，沉得住氣
寬容了愁恨
並在各種難為中
忍辱應對，從容不迫
從忍辱的容忍中
獲得
最大的容忍胸襟
偉大的胸襟有著
慈悲的心腸
用著忍辱的度量
一起為蒼生奔忙

第 254 首 . 道的新方向

在貧困中想像富裕的生活
在快樂中想像痛苦的空虛
在高峯上俯瞰一片浮雲
遮望眼

一朵浮雲幻想著一個
完美的靈魂
而我虛度了大好年華
生活陷於茫茫然的困境
我的心因困倦了而回到
無為清淨之門
此刻我必須要來到生命中的春天
在我蒙滿灰塵的翅膀下
拍落一身的牽掛

而你在這裡以一些詞語游走在
信仰與懷疑的途中
你以整個生命徘徊在廣濶的天空裡
我們才如此相近
看著荒涼的角落
看到已飄遠遺忘的初心

大道茫茫的法輪常轉
遠方升起比人生更燦爛的陽光
照耀黑暗無知的迷網
在沙漠中找到了新方向

第 255 首．目擊夫妻吵架的現場

今天去街上買東西
我目擊夫妻吵架的現場
一個男人拉著一個女人
下手不是很重
一群人在旁觀望
那個女人被打得表面輕傷
不停求饒

我連忙趕過去勸架
沒想到
那女人竟然是朋友的前妻
那男人見我來勸，大聲嚷嚷：
「你不用勸，像這楊花水性的女人
早該修理。現在嫌我沒錢了，就到處搔首弄姿；
招蜂引蝶，勾引有錢的男人，想離婚還早得很。」
我看著那女人有點可憐
可想起
她以前做過對不起朋友的事
到如今貪慕虛榮愛財如命
所付出的代價
就是要她自己承受

我的心有點失落
所謂清官難斷家務事
不管夫妻再怎麼爭吵，打人就是不對
我只好勸勸他們好好想想

（繼續第 255 首.目擊夫妻吵架的現場）
故事的結局有些單調
我提早離開了現場，路上想著
難道:「夫妻本是同林鳥，大難來時各自飛」應該還有很多:
「一生相守至死不渝」的故事吧！

第 256 首 . 生命的維修站

有一天早上我被妻子喚醒
要到醫院看診
此時路上已是車水馬龍
人們正趕著上班
要去做忙碌而幸福的工作
我發現人生中最美好的事情
就是要有人陪
有事忙有希望
這樣的生活忙碌而幸福

醫院的位置在天國與地府之間
生命從這裡開始，老人在這裡療養
生病在這裡看診，死亡在這裡歸天
或者是入地府
我想像美麗的白衣天使在這裡
忙進忙出
熱情的招呼著，每一朵鮮花的訴求

來到了醫院門口
我走入了生命的長廊
病痛的折磨與我擦肩而過
疾病的傷口
散發著恐懼與困惑的憂愁
他們不安的祈求

（繼續第 256 首. 生命的維修站）
我看見有些人在冷清的
希望中行走
沿著安寧療護的牆
渴望著生命的眷顧
有些人想要抓住一把空氣
聽見自已的呼吸從此走進
暗淡的世界
最後有些人不捨得離開
無奈的選擇天堂或地獄的
居所

第 257 首 . 捐獻

金錢從他有限的薪水取出
捐獻到災民身上
成為助人的善舉

他的愛心開始在災民身上
發揮作用
在一些受難的家屬中
在一些孤苦無助的期待中
如同朵鮮花一樣所能奉獻的
只是顏色和外貌

捐獻給沒有生機的難民
沒有溫暖的弱勢族群
還有一些急需救助的
急難家庭
為此增加了不少愛的關懷

從男女老少，不分種族國家
一個愛心的捐助
就可以改變一個命運
若能長期不斷的捐獻
更能改善一群受苦受難的人
不幸的危機和急難家庭的
生機

第 258 首 . 旅遊假期的商機

滿滿的人潮塞滿了
一些知名的景點
陽光普照的日子
大地充滿生機
旅遊的假期
到處是熱鬧歡樂和朝氣

即使在偏遠的小景點
即使是莫莫無聞的飯店
也是人滿為患充滿新奇

平日蕭條的模樣
老闆的嘆息
如今已經充滿商機
忙碌不已
一個假期的開始
自然會有一群
人潮的出現
旅遊的興致並沒有被改變
他們是受制於時間的因素
和支出的壓力

新的消費人潮帶來不同的
消費業績
需重新評估分析
以免延誤商機

第 259 首 . 心動的偶像

你的迷人歌聲唱出了真情
美妙詞曲動聽傾訴你心聲
現場唱作俱佳造成了轟動
首首保證排行常記在心中
喜歡你在歌壇與歌迷互動
時常傳唱點閱忘不了心動

第 260 首.保養靈魂之窗

今天我去看眼科，因為我時常看手機。長時間的使用視力，
想要多看些過去和現在的好文章；讓醫生懲罰我的野心。
走入醫院走向眼科，報到成功。美麗的白衣天使，帶著微笑
的臉龐，親切的目光；請我先做視力檢查、測眼壓。可是我
目光模糊只看到隱約朦朧的模樣。

檢查後約等了兩個多小時，終於見到這位有遠見的醫師。我
被診斷為近視，病情輕微，需佩帶眼鏡進行矯正。
醫師的診斷簡單而明瞭，充滿智慧的先知。他告訴我：「長時
間使用視力，應每隔 40~50 分鐘，讓眼睛休息 10 分鐘。多看
綠色植物，因為綠色在光譜的中間，波長較短，會使眼睛比
較舒暢。另外也可以選擇閉眼放鬆，或是採用更有效的方法；
就是每隔 30 分鐘做一次眼睛的運動，將目光從近處移至 3 公
尺後的物體，看清目標後，再把目光移回近處，待看清近處
後，又再度看 3 公尺外的物體，如此看遠看近來回 30 次，約
1 分鐘，就能有效的放鬆眼睛，增加眼睛健康，保持穩定度
數。
並要注意每隔幾秒，眨一下眼，避免角膜過度乾燥，影響視力
模糊。
且睡眠要充足，避免熬夜，注意營養均衡。多補充維他命 A-
B-C-E、鋅、花青素、胡蘿蔔素；水果如：黃西瓜、黃奇異果、
香蕉、深綠色花椰菜……等。如果不能常吃深海魚，也可以買
魚油來吃。」

我還請教醫師，檢測眼睛疲勞的方法：「就是把眼睛閉起來 5
秒鐘後，感覺有點酸酸、澀澀的，就表示眼睛累了。因為酸是

（繼續第 260 首. 保養靈魂之窗）

近距離看太久眼睛累了，而澀是因為忘了時常眨眼，眼睛太乾
了。等到發現的時候，淚液已經快

速蒸發，造成眼睛酸澀。

我終於恍然大悟，充滿感激的直點頭。我看到醫師的目光，
像父母的慈祥，親切的問診，專業的形象，敬業的好模樣。
眼睛是我們的靈魂之窗，平時用眼要適當，多休息重保養，
才能充滿光明的希望。

第 261 首 . 分手

當我們將分手時我有些心痛
想不到的天空是令人惶恐
我們都將各自走向美好的未來
也做好準備度過風雨的人生

面對你我覺得空虛和失落
一開始你就關心我身邊的積蓄
厭惡現實的你缺乏必須的語言
讓愛突然消失在一個光鮮的早晨
敲醒美夢中童話的幻影

不問你的變心，天空刮不刮風
有沒有閃電霹靂，只問你的離開
曾不曾擁有愛，有沒有失去夢

第 262 首．行善

迎上門來的是滿臉的感激
謙卑的言語，溫馨的笑意
讓我感動在心理
我送來的今天只是少許的心意
今探望慈善之門憶昔受泉水之恩
點滴於心難以回報

從沒忘記以前受人幫助的過去
在過度的灰心裡失去了人生的樂趣
是他的出現在我的生命裡
解決了我生活的難題
讓我感受慈悲的賜予如重生的朝氣

而現在的我覺得助人是快樂的泉源
像陽光普照大地自然無私的
燃燒自己
照亮別人如花朵輝煌綻放的美麗
不怕風雨摧殘依然挺立
我們當行善助人無私奉獻所有
伸手搶救遠方的慌亂
黑夜的徬徨

第 263 首 . 感動的一句名言

多麼容易說的一句話
鼓舞震人心弦
多麼另人感動的一句名言：
「每天給自己一個希望
　試著不為明天而煩惱
　試著不為昨天而嘆息
　只為了今天能更美好」
因為這句話解開了生活的困擾
我們每天為了妄念和過失所困擾
可以每日三省吾身
面對無所謂的爭吵
以純淨祥和的心態
創造出安祥和睦的
生活
人生在世不就是為了「道」字
要準備用盡一生的智慧
去領悟那永恆的修為~自然之道
可以說「道」即是自然
自然即是「道」祂以和諧為依歸
以無為來實踐
那麼無為是什麼？祂並不是不做事
也不是無所作為而是要在客觀
現實面前盡人事而聽天命
順其自然而不強求

（繼續第263首．感動的一句名言）
那麼無為如何來實踐？
我們必須在自然的要求下
加強自身的修養在思想上
要淡泊名利清心寡欲
平常待人要誠懇謙虛有禮

在做為方面多作奉獻不強求回報
按「道」的要求下建立人生的目標
讓生活進入清淨無為
順其自然的境界
為此遵從自然的法則
做事要遵循善念、量力而為
面對一切利慾、不爭好勝
不強求名利
多做有利於社會的貢獻
事後能功成而身退
這就是「道」的修為也是「無為」的實行之道

第 264 首 . 茶水的祝福

我的心像單純
而潔靜的開水
你是我心中甘
醇芳香的茶葉
你的香郁為我
飄散
你的乾枯委曲
為我舒展
讓我撫慰滋潤
你的憔悴
我們必須熱情
的相戀
甚至擁抱才能
完美結合
我們必須在
生命的春天
盡情的纏綿
等待一個幸福
的諾言

無論你是如何
難以捉摸
如何擇善固執
你終將帶著愛
的幸福
走出安祥快樂

（繼續第 264 首. 茶水的祝福）
的腳步
那時你最甘醇
的滋味
將是我茶壺中
茶水的祝福

第 265 首．美麗的夢想

人生中那麼多美麗的夢想
怎能輕易的遺忘
只有在夜深人靜的時候
我才想起那時的風光

一陣微風吹過來樹林
發出蕭瑟的聲響
此時只有月色暗淡
除了路燈發出的堅強
路上沒有行人的膽量

我又將如何來實現我的夢想
許多的夢想已失去希望
實際的考量
那曾痛澈心菲的淚水
一直還在我心淌洋

一個執著的情懷
沉默的在故鄉等待
等待在我決心的路上
等待在我光明的未來

我終於放下了一些妄想
所有的希望和理想只能
重新評估細細考量
一步一步的慢慢的實現
踏上成功的故鄉

第 266 首．熟悉又陌生的回憶

每一次見到她
總有
不同的感受
見她可愛的模樣
天真活潑的笑容
明月般的美麗

這次見她
發現了她
心懷著
善良的美麗

可是我見她把自己
那顆善良的心
分成兩半，一半給自己
清貧的家，一半給社會
一些弱勢族群
和孤苦無依的老人
剩下的留給我
任她把我冷落
變成一個熟悉又陌生的人
陪伴她在生命中度過
那麼多被感動的時刻
彷彿這一切與我無關
我置身其中也沒什麼幫助
時光匆匆來去

（繼續第 266 首. 熟悉又陌生的回憶）
在熟悉的路上
再也沒看見過她

在她回家時必經的路旁
的熟悉空地
我想起那時，她曾是我熟悉
又陌生的美妙回憶

第 267 首.忘了過去不愉快的回憶

忘了那些不愉快的過去
但也不要沉迷於昨天的輝煌
想想怎麼面對今天的失意
明天的迷網
或許今天的步閥是沉重的
或許明天的希望是渺茫
但只要
記取昨天努力的決心
邁開前進的步閥
忘記昨天得意的風光
用今天真實的本事
來贏得成功的希望
並開創未來的新方向
才能再造今天的輝煌

想起曾經的歲月
在不同的方向
用不同的腳步努力的經過
我得到的比失去的多
但我仍然得不到滿足
因為我不懂得勵志
生命中那麼多曾經的風光
隨著自傲的腳步起舞
跳入炫耀自大的舞池中
不能自拔

（繼續第267首.忘了過去不愉快的回憶）
一場失落的風暴換來生活的風霜
過早錯過的春天驚醒
我飛舞在花間的美夢
我走在夏天接受熾熱
的陽光
我不埋怨時間給我的創傷
大地普照的陽光
終究會為我帶來生命的光芒

忘掉過去忘掉現在的風霜
我要像那初生的太陽
遺忘沉睡的時光
向大地展露我的光芒
直到日薄西山留下最美麗的夕陽

假如忘記痛苦能使我們得到快樂
那就不要再去想
因為只有快樂的希望
樂觀的思想才能走出
生活的陰影
掌握自信的未來

做自己命運的主宰
讓記憶的像純淨的水
把不好的雜質過濾光

第 268 首 . 春天的愛情

在春天裡為你採擷
生命的中浪漫的愛
和花朵
為你編織幸福的花籃
迎接滿園春色的春天
可是春天的腳步
並不會停歇
我錯過了一些細雨和風
從笨拙的手中滑落成
片片飄下的花瓣掉落

如今我在異鄉艱苦過活
常想起每一次心靈的顫動
都激起浪花朵朵
曾為你流過最真情的淚
為你痴情許下過承諾
如今我走遍整個春天被你冷落
現在只剩下孤單的我在秋天失落

可否選擇秋天做最後的愛情
曾經淚水漣漣的情人
你默無一言
允許我在落葉的秋天
望著滿樹的楓紅
冷卻激情的夢
忘記多少春天的播種
愛情的結果

第 269 首．詩的想像

你看我的詩，揣摩我的想像
猜想我浪漫的模樣
或許你還在思索我那
捉摸不定的心
像風一樣
我們在不同的空間
有著不同的思想
其實
我們都在每一個清新的
早晨等著希望的陽光

我們有很多的一樣
一樣：吃飯、工作、愛家人
一樣：讀很多書、了解人生
一樣：不滿現狀
所有的看法大多一致
所有的想像也大多一樣

我們的內心世界
存在著不同的表達方式
有時用語言說清楚講明白
有時用文章寫下
直接了當一清二楚
有時把心思
藏在意境的詩篇中
把感情融入詩意的朦朧裡

（繼續第 269 首.詩的想像）
所以感覺到「詩」的難懂
或許寫詩的人比看詩的人多
可能是現代詩意境感覺的不同

詩是一種神祕而
浪漫的感受
有時感覺出詩的抽象
有時感覺到詩人
笑而不語的禪宗

我把生活融入詩中
或坐、或站、或走
我常要冷靜的思考
才能寫出一篇
有意義的詩篇
我常要看很多書
花很多的時間才能找到靈感
我寫詩不敢多做妄想
不敢自欺欺人
常把我最正確的生活想像
及有益於人生的幸福方向
寫下來
但絕不誇張也不抽象
希望大家能看懂了解
了解我的詩
或許也能了解一些人生的方向

第 270 首．回答人生的方向

不用羨慕別人的才華
您自己田裡的稻苗已在
滋長
而天空是一片晴朗的陽光
不要妄想
痴情的美夢
讓您甜蜜的諾言
傾吐在愛情的海上
去漂泊歷經強風大浪
看是否仍穩住方向
在一種現實中想一想

如果有人問我人生的方向
我將收集最純真的淚水
滋潤您的心房
因為我的單純
因為我的真誠

我知道那是一條自己喜歡的方向
走過時有坎坷、有順暢
有歡樂、有悲傷
而為了認清方向
必需有「名師」一指點
來看清前途的茫茫
而修道
是排除一切阻礙的順暢
在人生的大道上因此前途光明在望

第 271 首 . 一個漂亮女孩的傳說

一個漂亮的女孩藏不住
自己的笑容
雖然她暫時不需要愛情
她是一個穿著樸素的大學
研究生
她平時忙於學業還兼職家教
聽說幾個高富帥追不到她的風彩
連她可愛的閨蜜也常常不知她的芳踪
神秘的行踪有人開始懷疑
語言散布在一個小小的團體裡
對於漂亮女孩，她的沉默並不能
解開大家的疑惑，她的無奈表情也
難以表達她單純的清白
我還聽到過另一種傳說：
「說不定是早已心有所屬」
漂亮的女孩從我背後經過說：
「沒有不要胡說」
她的聲音尖銳而激動含著口水
噴出
我怕有流感傳染給我
像傳說的謠言，四處散播

第 272 首 . 性本善

善念常在您心裡
不知您是否想起？
「祂」守著愛心
守著您
痴痴的為您守候
您的前方路途
一片坎坷險阻
需要的手
那麼擁擠
您是否伸出援手助人
一臂之力

無論在愛心的活動
慈善的場地
急難救助的現場
還是無私奉獻的道場
都有
「祂」的身影
表明「祂」的來意
希望您的出現
您已忘了「祂」？「祂」是您的本性
一本初衷的善念

不論是好是壞善良與否
在別人需要幫助的時候
「祂」總是想激起您的
惻隱之心

第 273 首．探索森林

天氣變化如此之大，難以安排的旅遊行程。從早上的豔陽高照，到下午的滿天烏雲。在不久之後，便能到達大自然的綠色森林。

走進森林，一股清新的空氣立刻迎面撲來。眼前是一望無際的林海，郁郁蔥蔥；密密層層像一片綠海。漫步在林間 鳥語花香，薄霧繚繞。

那種原始的神祕，變化著，四季的美麗，變化著，瞬間的陰晴不定。

沿著遮天蔽日的蒼莽，不

時見到小松鼠、蛇以及一些昆蟲，發出聲聲的驚奇。

神祕的觸角延伸到，古老的年代。初次來訪陌生的空氣，深入山中實際接觸，細心觀賞。

跟著導遊的腳步，一邊詢問，一邊探索。雖然不甚明白它的神祕，但在好奇和探索中也體會不少的樂趣。

小溪在山裡穿梭流動，彎彎曲曲，水花四起；協奏著大自然優美的歌曲。

想像時我化做一棵樹，和杉木、紅檜、扁柏一起成長；和山羌、水鹿、獼猴一起生活。

一直以來這些森林曾受，人類無情的破壞。現在因應環境環保復育，受到國家的監測與維護。採取森林生態經營，重視人與自然的和諧共處。

森林是自然的學校

在探索自然的奧祕

的活動中

培養愛護環境的

保育心態

第 274 首 . 微笑

那是一張淺淺的笑臉
非常慈善另人難忘
像一株綻放中的花朵
從內心深處喜盈盈的
散發著清香
一直被人所欣賞
彷彿佛祖笑而不語
留給人們更多領悟的冥想
在這世上有許多笑臉迎人的微笑
像美麗的天使使人心動
而最優美的微笑是發自內心的微笑
他或許不能帶來溫馨的關懷
但也會使人心安
另外有些笑容的背後藏著許多虛偽
例如：
使人猜不著的假笑
殘酷冷漠的冷笑
陰險狡滑的奸笑
包藏著太多的迷惑使它遐想

一個慈悲的人的微笑使我感到
溫馨自然
純真善良的心從道場中淨化的高尚
淺淺一笑似溫暖的和風
使人感受到慈愛的彌漫

第275首·唱出生命的祝福

曲折的人生寫下曼妙的旋律
伴隨著悲歡離合唱出生命的獻禮
生命的詩歌在風中傳唱
美妙的歌聲飄盪在
感恩的人心裡
生命的春天是美麗的開始
我們在愛的祝福中成長
感懷幸福的快樂
我們在溫暖和煦的春風中
流連忘返感受生命的可貴
我們接受了生命的信仰
在人生的旅途上
我們將以善良的腳步
走向人間的天堂
讓愛的花朵靜盈盈地綻放
綻放在我們回去時
必經的路旁
讓我們一次一次的了解
人性的本質
離開夢斷愁腸
走向新生命的「大道」上

第 276 首．為孩子感到驕傲

再謙虛的笑容也掩不住
自信的光彩
讓我為孩子感到驕傲
應該給孩子一個自信
揮灑的天空
讓他自信而不自大
如果這是他的天份
如果這是他的興趣
如果他願意為夢想而努力
為生活而吃苦
就讓他在自信中成長

在孩子的成長過程
只有讓他自己去磨煉
去嚐試
去接受失敗的考驗
從中學習經驗
並讓他嚐試著為自己
找尋未來的目標和專長
進而培養耐心和自信
誰也無法限制他天空的方向
讓他自由的翱翔
而我們只能在旁替他驕傲

第 277 首 . 公園運動

星期天我來到公園散步，公園內有很多樹木，枝葉濃密，其下成蔭。

走進裡面，不遠處翠綠的草坪，隨處可見；路兩旁鮮花盛開，朵朵嬌艷。走到中間，還有許多健身器材：有轉腰台、漫步台、溜滑梯、單槓、籃球場……等。

我在這裡鍛鍊身體，看著一群天真的孩子，盡情的嬉戲，多麼無憂無慮。

球場內有年輕的學生在打球，公園裡有慈祥的老人在運動。疲勞而單調的家庭主婦，在和孩子玩耍。

還有一些單純孤單的人在

散步。

他們是周休二日時，常見的熱情青春。而這裡也是附近居民，休閒散步的世外桃源。

他們常帶著一家大小，來這裡散步。

這裡的公園保留著，自然的美景和一些人造藝術的結晶。在開放的時侯，因應民眾心靈的寄託。

接納所有的人，遠離汙染及煩雜的市區；進入潔淨安寧的公園。並能調整情緒的壓力，重新走向新生活。

第 278 首．幸福的旅途
（詩歌未譜曲）

美麗的朝陽展露出曙光
踏上快樂旅途我心飛揚
開在幸福花海的花最香
欣賞美麗風景的好地方

幸福是我們共同的夢想
快樂的小花綻放在前方
你為人生目標調整方向
守著建立的事業心堅強

你以樂觀面對自然大方
常以身做則的來到現場
你的幸福腳步生活繁忙
你更有許多人生的響往

幸福像一雙美好的翅膀
帶著我的夢想飛向前方
在風雨中渡過互相幫忙
美好的家園在我們身旁

第 279 首．一個寂寞的人

平常一個人簡單的過生活
單純少欲求、精神能滿足
寂寞也快樂
寂寞的人生活簡單
一個人常坐著發呆
平常沒事總是找事
打發空白

在孤單的日子裡
有時徘徊在寂靜的小巷
有時逛著熱鬧的商場
寂寞的心裡感到孤單
想起親友不在身旁
自己總要學會堅強

寂寞的人自己晚餐
他對著碗筷說話
對著飯菜自言自語
彷彿聽到有回音
令他感到驚訝
他住在大樓高層
他的空虛心理就像雲彩
不知人間煙火不與凡俗為伍
只能抱著盲目的快樂

（繼續第 279 首. 一個寂寞的人）
寂寞的人頭腦簡單
他已習慣了寂寞
而不覺得寂寞
他的時間在單調的鐘聲裡
瘦成清貧的紙張
而冷清的沉默
也在失落的空間裡吟唱
此時的他正在高層的
住家大聲歌唱
要吵醒一個叫孤獨的朋友

第 280 首．讓我愛上快樂和希望

讓我愛上快樂
讓我愛上自己的快樂
同時也愛上別人的快樂
讓快樂像綠色天使
每天准時送來一封
快樂的掛號信
信中讓我充滿希望
同時積極向上
讓希望每一次都能實現
因為
希望為我帶來新的希望

讓快樂像孩童的天真
無憂無慮童言童語
讓我把快樂找回來
跟大家分享
讓快樂的心情像一群勤勞的蜜蜂
我的心就是牠們甜蜜的花朵
讓希望像情人的臉孔
讓我看到溫馨的笑容

第 281 首 . 真實的生活

生活
想像文字一樣完整
在一個真實的故事裡
被虛構成委曲的詩篇
暫時飛離想像的空間
停留在地球的邊緣
離開現實的紛擾
當太陽再度升起完整的到來
只放出生命的能源
卻沒有為生活帶來新的一天

回到熱鬧的市區到處是陽光
充滿著新鮮、青春、生氣
以至於生活也都是朝氣和活力
走在高聳的大樓之間
影子在時間與空間中掙扎
期望真實的輪廓呈現
而真實的背後卻是新鮮的謊言
似乎比生活更逼真

美麗的外表藏著虛偽的面具
說著甜蜜的語言表情誇張
讓我信以為真
於是我相信這一切表面的完整
只為了一個美麗虛構的情節
但是文字背叛了我

（繼續第 281 首. 真實的生活）
我的思維沉默的被扭曲
變成了一朵不安的小花
也許我不得不放下生活的虛偽
為了在真實的故事中醒來
重新找回文字的誠懇

第 282 首 . 一個人的時候想些什麼

一個人的時候想一些什麼
想些快樂的回憶
值得想的心靈顫動
靜靜的想起
以往青春的模樣
想起歷經歲月的風霜
誰虛度了年華
吟唱著人生曲折的樂章

想起曾經的擁有快樂的時光
找尋一場風雨中的寧靜
想起幸與不幸之間
人生總得有過的承擔

想太多
然後也沒什麼好想
想過的心情彷彿雨過天晴
天空在那一瞬間綻放七彩蓮花的
光茫
只有無聊時我才想起一些
回憶的過往和一些平常的瑣事
想想人生在世偶有不安的情緒
好好想想坦然面對
痛苦與幸福在我們的一念之間
好好想想我們的未來
在自己的手上

第 283 首．前世情人

假如
我是您前世的情人
我願是您最愛的兒女
今生來到您的生活裡
不用分手出不會別離
我們的親密
像愛情劇裡最美麗的情節
我們的默契
成為歌劇戲裡最佳的話題
您把寂寞留給過去
我把未來交給您
從此我們的命運相連
生生世世不分離

假如
您是我前世的戀人
您願做我最敬愛的父母
現在由我來孝順您
不願分離也不忍離棄
我們的感情
像親情戲中最溫馨的情節
我們的過去
成為故事戲裡最感人的一片回憶
您為兒女付出心力
我要恭敬的孝順您
從此我們的人生美滿
生生世世在一起

第 284 首．知心好友

一個人可以交許多朋友
也可以只交少許的
知心好友
但有多少是知心的好友？
他可以多用一些時間
和朋友互動
或者享受一些清閒的孤獨
如果清閒是快樂的
他可以用冷靜來思考
自己的未來
如平時很少往來互動的朋友
有事才相求的一些問題

但是一些普通朋友
認為他已沒有利用價值
而沒有往來
因為他在事業上已逐漸落漠

以往的風光已不在
現在的他除了多受些苦難
就不會在乎苦難
挨慣了冷眼旁觀就不覺得孤單
也不知道什麼是好友？

第 285 首 . 暗戀的日記

坐在沉悶的教室我從窗戶
痴情的看著她
她是個眉青目秀的女孩
嬌羞的臉孔使我心動
帶著青春的氣息一路走來
穿過操場走向走廊
開始往教室門口走來
我還聽到她跟同學
親切打招呼的笑聲
看上去迷人可愛

同學說她最近忙於社團的培訓
很久沒有舉辦活動
學校的空氣沉悶而寂靜
社團的活動能給同學
帶來生氣和活力

她越來越靠近我
感覺我的心飛了起來
夢想在飄飄飛舞
我的臉紅了起來，我的話也說不出來
她拿出一本社團活動的簽名書
請我簽名
簽名的時候她要我留下
電話住址
說是有活動偶爾也會以

（繼續第 285 首. 暗戀的日記）
書面通知或電話連絡

她的出現是我的暗戀
是我痴情的夢幻和多情的思念

第 286 首．計劃中的人生

首先計劃是從希望的中心
想起
然後
才一步一步的向外擴展
實施到生活
實施到工作裡
讓計劃的人生一片精彩

計劃中的人生在
實際的環境裡
遭遇許多的考驗與挫折
並沒有想像中的順利
那麼什麼時候
才有成功的希望？

計劃受阻的時候
我們從計劃回歸實際
面對險阻解決困難
而實施有困難的時候
我們又須立刻檢討
克服困難
並訂立新的目標
達成最終的希望

第 287 首．感謝忙碌辛苦的家庭主婦

默默的為全家做好早餐，再把前一晚洗好的衣服，拿起來曬乾；然後叫醒丈夫和小孩，和他們一起早餐。家庭主婦的日子 就是如此忙碌不堪和單調，沒有一絲空閒。

日子是忙碌的 所以時間有點緊迫，生活是單調的，所以生活的情趣也變得枯燥乏味。

早餐過後，送完丈夫和小孩出門後；就開始收拾廚房，清洗碗筷；洗好放到烘碗機烘

乾。接著整理打掃、拖地、把雜亂的東西整理整齊；並擦拭家具，為家帶來一個 幸福的新風貌。

接著上市場買菜，市場熱鬧而擁擠，各種食材應有盡有。先逛逛，同時問一問，然後精打細算；可以多撿些便宜，多省點荷包。只是為了新鮮考量，每次只好各買一點。

買好回家後，稍做整理，準備上班。只是每逢上班，總是交通堵塞；為了一個希望和夢想~增加一點收入，減輕丈夫的負擔。下了班趕著回家，為丈夫和小孩，做幸福的晚餐；等待家人回到幸福舒適的家裡。這時才有一點空檔，才是自己可以放鬆一下的時候。

家人陸續回來，給家人親切的問候、溫馨的微笑；陪著家人共進晚餐。之後又開始一段忙碌的時間，先督促小孩洗澡、寫功課後；服侍丈夫~給他一個迷人的微笑，親切的安撫後，準備茶水、飯後水果。接著洗好碗又整理廚房，收拾衣物，把曬乾的衣服，摺疊入櫃；把晚上洗澡後，換下來的衣服，浸泡刷洗，等待明天早上的日曬。好了之後檢查小孩功課，做親子溝通；和孩子聊天，晚了才叫孩子睡覺。

有空的時候也去陪丈夫看看電視，聊聊心事，培養夫妻的感情。

（繼續第 287 首.感謝忙碌辛苦的家庭主婦）

時間不早了，忙完了一天等丈夫入睡，已快十一點；才想起，今天一整天也沒多少空閒。忙碌的家庭主婦，生活得雖然辛苦；但她是家的重心，沒有了她，那有幸福和快樂。

感謝妻子每天辛苦，忙碌又單調的付出；日復一日、年復一年，把青春歲月給了家庭，而毫無怨言。

每個人應該向自己的太太說聲~謝謝妳~妳辛苦了。

第 288 首 . 「然後」這個詞用法的問題

「然後」有他「然後」的想法,「然後」有他「然後」的問題。
常有人喜歡用「然後」來當質疑的用句,或許是有趣,或許是
生氣。

當然故事還有下集,未完待續。

只是暫時的休息,不用好奇,也不用心急。 他若準備好,他
會告訴你。

你不用一直把「然後」當有趣的問下去。

有一個故事告訴你:孩子考試沒考好,爸爸很生氣。

孩子:「我有信心,下次考好」。

爸爸:「好相信你可以做到,然後呢?」。

我說:「孩子的爸爸,你不要把 然後當質疑,一直追問是有問
題;他若準備好,他會告訴你。不用把『然後』一直掛嘴裡,
這樣反而會使孩子沒了勇氣。」

這個每天都會發生的問題,少用「然後」來質疑,讓孩子沒有
壓力;孩子會努力,「然後」慢慢的揚眉吐氣。然後……

第 289 首．了解沉重的心情

若有人問我
比地球還重的是心情嗎？
我只能簡單的說
我不是科學家
也不是心理學家
理論上沒有依據 無法證明
只有關於人生哲學方面
可以解釋：心情的沉重
是累積太多的負擔
暫時無法放鬆的壓力
心情比地球還沉重？
我指的不是祂的重量或重要
而是指祂不應該如此沉重
所以我們要放輕鬆
認清幸福的方向
從快樂的希望中找回
原來的自己
才能免除恐懼和困惑

沉重的心情常帶給我們
痛苦的生活
在生活中缺少樂趣
對人生感到乏味
人生的路途無法一路順暢
有時會看錯許多方向
遇到不少的背叛

（繼續第 289 首. 了解沉重的心情）
有時對於付出沒有得到一定的
回報
而感到失望
所以只要心存善良和愛
看淡人情冷暖
選擇輕鬆的對待
就能卸下沉重的心情

第 290 首．喜歡的麵包

這些好吃的麵包
有很多幸福的口味
常常晚一點就買不到
我喜歡
它快樂的口味還有甜蜜
幸福的滋味
我了解
它的由來常想像酵母菌
在麵糰裡浪漫的翻滾
發酵時神奇美妙的智慧

這些麵包上有許多生命的
小毛細孔
像活潑可愛的嬰兒皮膚上
細小的毛孔
很難想像好吃的麵包
是活的麵包
麵包的好吃在於
用心的結果
加上天然的調配和
時間的祕方製作出
想像的美味

在過去貧困的日子
我常吃簡單的麵包
每次吃完總忘不了

（繼續第 290 首.喜歡的麵包）
它的美味
我想是因為它的簡單
它沒有添加過多的負擔
也沒有虛偽的色彩
只有淡淡的芳香
自然的滋味

我能了解麵包
因為我遇上了一位
喜歡麵包的女孩
她常買好吃的麵包
與我分享
於是我選擇了她的麵包
她選擇了我的愛情
她喜歡我對麵包的了解
就像對她的了解一樣
她不虛偽、單純自然、有活力
有想像力是個善良的女孩
她就像麵包一樣
在我的生命裡
給我愛情的麵包
她不在乎我空虛的財富
只剩一塊簡單的麵包
她選擇了我
就像選擇了她喜歡的麵包

第 291 首 . 智者不惑

面對外面花花綠綠的世界
誘惑那麼多
要如何保持心靈的純潔
堅守道德的底線？
其實也不難只要少接觸
少去看、少去聽、少去講
還有少去想以及減少
不必要的開銷
就能坦然處之

面對現實中的自己您能了解
多少迷惑而不迷失？
只有
走向智慧之光普照的世界
才能了解智者不惑的道理
才能領悟困惑的人生
還有要提升品德的修養
堅持心靈的淨化才能有智慧來
面對未來
而免受花花綠綠的世界
誘惑之苦

第 292 首 . 平凡的無名英雄

他是一個平凡的人
在這個世界上默默的付出
他只知道埋頭苦幹
在許多事業中沒有他的名字
只有他的汗水

我看見成功之門為他而開
成功的果實纍纍就在眼前
他獲得了成功也沒有陶醉
在功名的享樂中
他仍然堅持自己的風格
繼續過著平凡的日子
他在乎低薪的問題
卻是難以如願的美夢
常不能滿足他基本的生活
為他帶來困擾和不安

他是一個平凡的人
他的要求不多只需幸福美滿的生活
在這世界上沒有他的付出
怎麼會有那麼多豐功偉業的成就
而我在享用的過程中
想起他曾是一個
平凡的無名英雄

第 293 首．知己

因為我們在生活與工作之間
相處愉快、彼此了解
所以
我們要控制好自己的情緒
以溫和的表現
以優秀的個人特色
使友誼
在生活中增加甜蜜的滋味
使心靈綻放芳香四溢

因為情緒的變化
使我們充滿壓力
為此
在失意時選擇放鬆
並且朝正面積極的
方向前進

因為溫和的表現
使我們學會彼此尊重
且用善良的行動和誠實的言語
讓彼此充滿希望

因為優秀的個人特色
使我們相互吸引彼此學習
在自信中迎向光明

（繼續第 293 首．知己）
因為對彼此個性的了解
且能互相容忍和加油、打氣
使我們最後成為知己

第 294 首.享受風的涼意

我在風中感受風的威力
感嘆大自然的神奇
祂把美好的生機
希望的空氣帶給您
我看見公園的樹木
在風中舞動著樹梢
兩旁花草隨風搖曳
樹下涼椅坐著一對
幸福的老夫妻白髮蒼蒼
中廣身材滿臉慈祥的皺紋
淡淡的笑容徜徉在風的
懷抱裡
我在風中看到
活潑的孩童在公園裡
追逐著遊戲天真的稚氣
像快樂的小天使給家庭
增添不少的樂趣
我在風中看到
美麗的景色、聽到悅耳的鳥啼
一對情侶走過他們手牽著手
散步在愛的公園裡
我在風中享受
風的涼意聽風吹動落葉
沙沙的聲音
看落葉
翩翩滿地飛舞此時風傳來
動人的歌聲帶著風的祝福

（繼續第 294 首. 享受風的涼意）
飄向您

我在風中感受到風的美麗
陣陣浪漫的風盡情的吹拂
撫慰我寂寞的心靈
成熟的風度帶著豪放瀟灑的
風趣
親切的跟每一個人
輕聲的問候

第 295 首．在秋風中思念一個朋友

坐在庭院裡
看著樹葉在秋風中飄落
感覺著樹木的凋零
它們是一個朋友
親手的栽種
在風雨中
接受友情的考驗
它們比我更堅強

這已是他離開數年後的深秋
他的行踪不明已不知下落
他的心
因為一個誤會而丟失了
熟悉和明亮的雙眸
他的心
躲進失落的人海中
等待
宿命的探求等待我從千山萬水中的
桃園醒來找尋他的行踪

我不了解離愁
可是我想起他的深情
他就像在那微風中的庭院
微笑而坐
他的真情感動著我

（繼續第 295 首. 在秋風中思念一個朋友）
此時的深秋我被一個沉默而孤獨的思緒所打動
感受到落葉的無奈
友情的失落
對於他的回憶已像微風一樣
輕盈飄過
淡淡的憂愁在風中
被嘆息掩過

第 296 首 . 夢想的翅膀

漫長的人生我一無所獲
我的青春與訴求在風雨中
飄落
曾夢想試著飛越美麗的山河
希望越過它的崖石
和大地進入文字的成就
做些故事中美麗的訴說
我們最終做了完美的藉口
歸來時已落葉翩翩起舞
你還沒走出空虛與失落的路口

我們在用心傾聽夢想的翅膀
震動的氣流
反覆的經驗說明新鮮的空氣
永遠等著我們勤奮的追求
不是沉溺也不是冷落

夢想的翅膀再次飛越山河
希望得到新的訴求
我曾放下塵世的因果
抬頭仰望信仰的天空
美麗而感動
我要重新找回夢想的希望
我不想再錯失希望的源頭
而一無所獲

第 297 首 . 在落魄的時候

落魄的時候常被人遺忘
他們孤獨的在人海裡穿梭
無奈的保持習慣性的沉默
他們不會在失落的環境中
絕望

人在落魄的時候
不可失去自信心
遇困難的環境時
更要堅強的面對
等在關鍵的時候
看清人心及問題所在
最後求助真心的朋友
並堅強的靠自己
克服困難走出失落

當他們失落在風雨的街頭
感受以往沒有的折磨
才了解人生的考驗要自己承受
要學會克服自己的懦弱
勇敢的努力奮鬥
達成目標的要求

我們常在成功的邊緣遊走
常接受困難的考驗
卻只是消極的應付

（繼續第 297 首.在落魄的時候）
而沒有積極的面對
也沒有做到確實的要求
這樣的結果常會
面臨失敗的落魄
唯有保持堅強的
決心
克服難關才能有
得意的時候

第 298 首．簡單的信仰

所謂人心不古
我們的信仰與古人也不一樣
關於神的事情
我們所能知道的
神已給我們顯示：
要我們去一個
信仰的天堂去了解道的方向

我所知道的民間信仰
袖包涵：儒釋道耶回
五教的特性
像：進香、遶境、謝平安⋯⋯等
只是其中的一種儀式
一般的信仰：沒有特定的敬奉神祇
沒有固定的宗教典籍、也不會有人規定一些特殊的模樣
只在於敬畏大自然、敬畏天地的信仰
及祭拜祖先慎終追遠的孝心
以及崇拜古今聖賢的嚮往
和凡事心存善念的
因果循環輪迴的思想
民間的信仰袖包容了所有宗教的慈悲
在民間像悲天憫人的臉
顯現著奉獻犧牲的力量
像迷惑的生死輪迴
被敬畏的天地所教養

第 299 首 . 在颱風中

他感覺到黑夜的漫長
在等待的人群中
看不到熟悉的笑臉
但是有颱風進來
全台籠罩著風雨
天空壓迫的氣流
使得這個行程
充滿不確定的因素
他發現機場的大廳
擁擠的人潮
已漸漸變得稀疏而寂靜

被颱風的影響行程確定延後
他想起失去的訂單
業務的滑落
像颱風一樣醞釀著不安的風暴
想起創業中離開的那些伙伴
他們早已各有成就
多麼敬業的他難忘的過去
他拿起手機靠近窗口
雨還在下
他聽一個溫柔熟悉的聲音傳來
關切的問候
祝福他任務圓滿不負所託

（繼續第 299 首. 在颱風中）
他準備先回家從風雨中走過
路上的行人匆匆夜色昏暗
他攔了部車要趕在強風豪雨之前
回到家的懷抱放下暫時的煩憂

第 300 首．讓我把愛帶給您

讓我把愛帶給您
當我送您一朵玫瑰時
手裡還留有香氣
有一份情意在心裡蕩漾
讓人感動令人難忘
假如沒有愛
苦難怕會來臨
生命會失去光彩
喜悅也會隨之而去

像那朵玫瑰離開了愛的土地
失去了根的愛意
只能短暫的擁有色彩的艷麗
不久終將枯萎凋敝

在愛的世界裡
即使只剩下
最後一朵玫瑰
我仍然會為您守候在
溫暖的陽光裡
時間也會證明
愛的來意
祂帶來了香氣
在滿園擴散飄溢
有時得到的不多
您也還沒領悟

（繼續第 300 首. 讓我把愛帶給您）
愛的芬芳
我始終會堅持善良的心意
獻身愛的奇蹟

過了今天也許您會了解
愛的心意
也許明天您將面臨愛的考驗
明天會為您帶來愛的驚奇

第 301 首．尊重異性朋友

對於異性朋友
我常常感到陌生
有時聽不懂他們的語言
我只好默默的微笑以待
其實我不懂他們的想法
就如同他們不懂我的笑臉
我希望他們能了解我的心意
為了一份異性的友誼
彼此能互相容忍
誠實有禮

不同的生理構造
有著不同的心理情緒
卻能彼此異性相吸
這是因為
有美好的異性特質
這也是大自然陰陽五行的定律

你有你的溫柔美麗
我有我的大方帥氣
我們生活在大自然
的世界裡
我們相處融洽　彼此尊重
感受著造物者的神奇

（繼續第 301 首.尊重異性朋友）
在這世界上有許多陌生人
而我也是其中之一
我只想找一份友誼
不分男女
我要善良的做我的知己
我要真心的做我們伴侶
我希望大家能坦誠相對
以禮相待
從異性的朋友中
了解另一種人生的道理
而不要以有色的眼光
看待異性的問題

第 302 首 . 中秋

我把我的思念化作一縷輕煙
飄向那一望無際的海邊
飄向那故鄉的明月
盼望能與父母親友來相見

我將我的祝福寫成一張卡片
用心
郵寄到你身邊
用心
郵寄到家鄉的中秋月團圓

我把我們的時間放在心裡面
放在與你相聚的時間
放在中秋夜裡安排好的諾言
我們一起賞月
吃你最愛的月餅
一起到望月樓
我們欣賞明月
望著秋水明月
談起夢想和心願

我帶著我孝順的心願
陪伴在爸媽的身邊
陪伴在中秋的團圓
陪伴著爸媽一起賞月聊天
陪伴著爸媽一起完成

（繼續第 302 首. 中秋）
他們的心願
陪伴在四代同堂
幸福快樂的中秋夜晚面前

第 303 首 . 陪著孩子成長

我的孩子在我的期望中成長
他們是我快樂的希望
他們在愛的環境中長大
在困苦中學會堅強

我用心的為他們生活著想
為他們學業著想
設想有關他們的一切
讓他們在激勵中成長滿懷信心
在安全中成長學會信任
在和諧中成長懂得禮數
在幸運中成長學會關懷
最後像大樹一樣長成我的期望
讓他們在我理想的天地裡學會飛翔
他們的天空晴朗、前途光明
他們的視野寬廣一望無際
讓他們在天地間自由地翱翔
無所畏懼鼓起祝福的翅膀
帶著勇氣和希望
來到幸福的園地充滿感激

成長後他們會發現我的用心
會因此掌握正確的人生方向
然後自信的繼續為生活努力

第 304 首．優雅的風度

他沒有華麗的外表
傑出的才華及多餘的財富
來換取翩翩的風度
但是許多人卻羨慕他
有優雅的風度
因為他在平凡中
保持心情的舒暢開心而滿足
過著清靜平淡的日子
保持親切和善的態度

他的風度是在平常的
生活中培養出來的
平時注重人格的修養、
尊嚴的維護
並積極為生活來付出
培養精神的寄託
以道德為中心
廣結善緣學習社交的藝術

他的氣質高雅、風度非凡
證明了他在平凡中的純樸
並時常帶著風度翩翩的舉止
親切的笑容、謙虛有禮的言談
及優雅的習慣和態度

他是一個自信的紳士
走入人群中不求時髦、

（繼續第 304 首．優雅的風度）
炫耀和虛偽
只因為他比別人更知足
他每天都生活在修身養性
陶冶性情的風度中

他是我們學習的對像
君子的風度
在許多的慈悲、信仰的道場
就有許多的君子
他們的風度也是
值得我們學的的楷模

第 305 首．自私結果

做人不能只顧自己的感受
而有損他人的生活
每個人都需學會尊重朋友
如果用愛來包容
用無私的胸懷來感受
就能多替人著想
想一想自己對人的
付出夠不夠
但也不能自私的追求
因為在人生的路途上
一個人越是自私
越容易遭人反感或失去朋友

而且自私的生活往往不受人歡迎
因為自私的要求常多佔有利益
不顧他人的感受且吝於分享成果
結果我們看到的是一雙雙失望的
眼神和嘆氣搖頭

自私更不能有違共同的利益
不顧他人的要求而佔為己有
有句話說:「人不為己，天誅地滅」
指的「為己」是有利己又不損他人
「為己」就是『修為自己』
為自己德行加強修行
而不是自私的只為自己著想

（繼續第 305 首.自私結果）
做到不損害朋友不損害他人
也不害了自己才是真正的為己
而自私的為己只能短暫的擁有
但長久不免有災禍因為自私
害了自己的結果

我們常受惠於人無私的愛
也該付出一點來回報
用多一點付出少一點自私
把無私的善良無私的奉獻
發揮出來讓大家都能感受到

第 306 首．我覺得

我將善良的心
化為慈悲的愛
留下一點感動
我將一生所有
感動與人分享

一片烏雲
遮住了天空
是我的迷惑
一陣風雨飄過
洗去了我的煩憂

我用懺悔的雙手在
菩提樹下誠心的祈求
真誠的心
願為燃燒的燭火
用盡自己所有
把苦難的默默的承受

我在走入道場遇見
謙卑的問候慈悲的笑容
誠心的祝福和無私的
奉獻
溫暖了心頭
我覺得只有才德並進
福慧雙修
才能帶走所有憂愁

第 307 首 . 吃出健康和快樂

吃得太多的人有時會
吃到自己受不了
他的體重會增加
因為美味為他
帶來了
食慾和享受的樂趣

相對的吃得少的人
有時會少到令人
看不下去
他不過是想減輕
身體的負擔
減少肥胖的壓力
這也許是他試圖
保持好身材的養生之道

坐在餐廳也不一定剛好吃得下
有時他吃得很多有時又很少
幸好他懂得照顧自己的身體
選擇了正常的三餐而且每天
定時定量、少油、少鹽、少糖、
少精制的自然口味
每餐吃七分飽且睡前不吃點心
每天只吃一百公克以內的肉
和七至十份蔬果及約三百公克的主食
（五穀雜糧）來增加健康、長壽的機率

（繼續第 307 首. 吃出健康和快樂）
他知道這種吃法能預防
肥胖、心藏病、糖尿病
及癌症的發生

我們要吃出健康長壽
必需遵循養生之道
在平時需加以調整和節制
才能活得健康和快樂

第 308 首．秋天的祝福

彷彿秋天的到來是
上天的賜予
幸運的豐收在我平淡的
生活中降臨
心情激動了一下
一顆快樂的果實掉了下來

秋天還沒到來之前
生活是沉默的
現在已漸漸多了些希望
有多少快樂的果實留下？
而這片快樂的果園
仍然一天比一天豐碩

我們常在幸福中遺忘困苦
和憂慮
常在幸運時揮霍辛苦的豐收
秋天要我們珍惜得來不易
的成果
才能度過嚴峻的寒冬

珍惜秋天的祝福
體會知足的感受
在秋天的豐收中
品嚐幸福的成果

第 309 首.愛情的問題

每天試著用各種不同的
理由旁敲側擊著
想要了解一個心動的情侶
有時是想要了解
對方的家庭背景
有時是想觀察對方
動歪腦筋時的表情
有時是想研究雙方
的血型、八字
甚至是想到遇危險
先救誰的問題

對於異性交往的問題
和是否深入的交往
則像愛情的迷網
討好似的纏繞著過來
令人陷入其中無法脫離

我想情侶的眼睛一定
被美好的想像所蒙蔽
所以總能看見坐在心中的
完美情人
看見生活困境中
深藏著對未來美好的夢想

（繼續第 309 首. 愛情的問題）
其實我們所尋求的都存在著
理想的形象和完美的標準
不能只根據過去
也要觀察現在和考量未來
是否能幸福的走下去

相愛是兩個人有良好的互動
且能攜手共創的生活
在平時能相互陪伴、容忍、鼓勵
並能在觀念上做良好的溝通
彼此信任
遇到困難能共同處理、相互支持
在幸福中相互影響
把好的表現出來
壞的統統改去才能有美好的未來、
甜密的感情和幸運的家庭

第 310 首.她的新希望

有希望的生活
每天都是新的
像太陽一樣每天
緩緩的升起落下
孕育著大自然的循環
而總有人每天希望落空

她的希望很簡單
只是想多寫些有益的文章
發表在網路上舒緩心情的緊張
解釋人生的迷網
獲得認同的希望
交換心得來分享

她的希望仍然常常得不到迴響
也許這只是暫時的現象
但她的心仍然是堅強
像她的目光一樣
閃耀著希望的光茫

她看到窗台上的那朵鮮花
美麗而芳香像她青春的綻放
她並不感到一點喜悅
她只感到一絲愁悵
人生太美好了
她還未曾擁有愛情她有點失落

（繼續第 310 首.她的新希望）
感到希望是一種嚴格的考驗
並不時出現意外的難題和挑戰
而現在她只希望己多用心
不要在意得失成敗
以平常心看待每天活得快樂自在

第 311 首 . 讚美的表達

讚美的話我時常
沒有說到重點
時常將人捧得太高
而顯得虛偽
說些
比較和表面讚美的話時
我看到了不自然的笑臉

讚美不是用來討好別人
是發自內心的一種最甜蜜的語言
但還是得找出值得稱讚的事實
要用心和真誠及運用一些說話技巧
把讚美說得更動人

直接而深入的讚美及時的
表達了衷心的祝福、敬佩及鼓勵
而間接的讚美
雖用比喻的方法、
背後的方式及借他人的口吻來讚美
也能為人帶來另一種驚喜和希望
其他如虛偽的奉承、低聲的埋怨
和批評的責難則是不同的思考
也較失人心不受歡迎
選擇有效的方法是開心的和
實際行動的一種讚美

（繼續第 311 首. 讚美的表達）

大家的讚美常會聞風轉向

我們總喜歡那些讚美我們的人

而不歡迎帶著責罵、諷刺的讚美

讚美的時候要細心觀察誇獎別人沒有注意到的地方

就能給對方一個希望和驚喜

讚美要恰到好處

公開的讚美帶著表揚的意味

會讓讚美的效果加倍

第 312 首 . 無聊的時候

一個人關在房間
無聊的打發時間
正如湧上街頭的
人被那無聊折磨
著得走出家門
在同一層大樓裡
或有一個同樣無聊的人
在不同的時間不同的地方
被無聊所糾纏
如果你敲開朋友的門
他們或許會告訴你
一些無聊的瑣事生活的點滴
如果你拿起手機打開臉書
臉書中將傳來詩社浪漫的詩句
讓我們的無聊變得有趣
或許每個人都有無聊的時候
被無聊折磨的空虛
無意中我寫了些無聊的詩句
並寫下一篇有關「無聊」的詩
讓我們的無聊像一場
午後雷陣雨來得快去得也急

第 313 首. 不要讓嫉妒蒙蔽了心靈

不要嫉妒比自己優秀的人
讓自己心平氣和的來看待和學習
像三國的瑜亮情結
周瑜因嫉妒蒙蔽了他的心靈
使得他心胸狹隘
由妒生恨
最後氣急攻心害了別人
害死自己

不要讓嫉妒危害比自己能力好的人
讓自己以寬闊的胸襟來讚嘆
別人的才華、接納別人的光彩
因為
他們的一切都是千辛萬苦得來的
或是歷劫而來的福報

不要讓嫉妒產生負面的心理和情緒
而影響人際關係
讓自己改掉
看到別人優秀時內心的不安與嫉妒
因為
嫉妒的心理會習慣把事情
歸罪於人
會有愁恨的心態而想去打擊別人

（繼續第 313 首.不要讓嫉妒蒙蔽了心靈）
嫉妒和羨慕在於負面與正面的心態
嫉妒是見不得人家好而想制造亂源
甚至是搞破壞
羨慕則是欣賞和仰慕
當我們羨慕時只會希望擁有的去
學習、努力和付出
並不會恨不得佔為己有
讓我們羨慕自己吧
羨慕自己的擁有
嫉妒自己比別人多的一切
欣賞自己和別人的優點
選擇善良寬大的胸襟
讓自己和別人都擁有
優秀的才華

覃合理 詩歌集（上）

第 314 首 . 一個金融風暴的危機

一個抉擇解決了些問題
所有的努力在此刻
走到了瓶頸
而所有的股東並不看好
他的安排
不同的意見對他有
不同的質疑

一個任勞任怨的人
在金融風暴裡走向孤獨
他的事業貸款只是佔了
資本的三分之一
他從不盲目投資也不想
操作槓桿原理

在這一筆訂單進來之前
他還不願減產停工
他沒有流下過沮喪的眼淚
如果真到了山窮水盡時
他只想放聲大哭

他失眠週轉困難
風暴如此之劇烈
令他措手不及
雖然政府有緊急疏困貸款
但仍然於事無補

（繼續第 314 首. 一個金融風暴的危機）
他只希望之前的借款
能再展延並暫時停止繳息
來讓他喘口氣

第 315 首 . 難忘的朋友

望著窗外那些美好的風景，我想起以前的失落。這時鳥兒正在樹上啼唱，

那聲音悅耳動聽。

有些記憶已經模糊，但有些仍至今難忘。一陣遲鈍的風吹來，吹不走疑問，卻吹落了無心的過去。那個難忘的朋友，現在在那裡？

我們以前很要好，但有一年她爸媽離婚，她變得更沉默。一時間流言四起，說她父親惡性倒閉、躲債不出，說她的媽媽為了還債，下海賣身。我的家人叫我別跟她交往，怕她不正常的家庭，影響了我人格的成長。

後來她發覺了我的疏遠。有一天她拿出一張合約書，說她爸爸是替朋友做保，朋友倒閉了被人牽連。

而她的媽媽也只是去，酒店打雜洗碗賺取生活開銷。我看到她的眼中淚光閃閃，頓時覺得自己多麼無情。就算像流言所說，我也不該岐視她、躲著她，因為我是她最好的朋友。我感覺對不起她，後來她還是離開了我。跟著她媽媽搬到鄉下，剛開始還有些書信往來，到後來也失去了音訊。我知道我誤會了她，在她心裡有很深的打擊。拿起她以前的來信，看著她的像片，像一朵失去香味的花朵。我無心的過失，失落的心情，而這一切又是多麼遺憾的回憶。我倚窗而望，把一個失落的心情，深深的思念；寄託在窗外的風飄向遠方，不知何時激動已浮上眼眶。

第 316 首 . 我一直懷疑

我一直懷疑
在我成功的路上
有人一直在扯我後腿
我一直懷疑
有人在默默為我付出
因為
我也曾為朋友偷偷的付出了
不少心力
但如今
我還時常用懷疑
來質疑我的人生

一個人究竟應不應該
常常懷疑別人和自己
有句話說:「用人不疑,疑人不用」
對於任何事物也是一樣的道理
信用是人的第二生命
像清朝商賈巨子「胡雪岩」
不管公私他都誠信守諾
所以大家對他從不懷疑

我相信
一個有信用的人也相信一個
智者不惑的人
因為
沒有智慧和知識就不能心安

（繼續第 316 首. 我一直懷疑）
而會愚蠢的到處懷疑
造成自己每天生活在懷疑的恐懼中
所以我們要學習做一個智者
和誠實守信的人
才可免除懷疑的惡夢

第 317 首. 善良的朋友

那麼多善良的朋友
那麼多熱情的幫助
熱情得令我受寵若驚
在人生的過程中
我正需要更多的
熱情和幫助

有時我的目光短淺
雖近在眼前
卻常視而不見
現在
我要盡力看清楚
留意身邊的祝福
他們
是熱愛生命善良樂觀的教徒
他們
無憂無慮的為愛付出
自在而滿足
他們
常為我帶來善意的幫助
幫助我在困境中的無助
幫助我走出迷失的人生旅途

那些我自以為放不下的困惑
在他們看來只不過如
浮雲一片過往雲煙

（繼續第 317 首. 善良的朋友）
他們是善良的修道者
正在不遠處的另一個角落
為人們熱情的付出
為傳道、授業、解惑、信仰
奔波忙碌

第 318 首. 我們共同解決了問題

在社會上有很多事
我們知道但不是很了解
我們從不妄下評語
這不代表我們漠不關心
在需要盡力時
我們也會認真的了解起來
了解前因後果
仔細調查清楚
比如水患的問題、菜價的問題、
社會救助的問題

再做詳盡的探討分析
請大家提出有效的方法
只對事、不對人
不過
要在合理、合法的前提下
在一致認同的決定中
達成共同的目標

在決策中遇到問題
我們不要慌張
要冷靜沉著應對
深信自己的專業能力
深入的了解分析
再進一步有效的解決問題
大家都要盡心盡力

（繼續第 318 首. 我們共同解決了問題）
為社會團體爭取最大的利益

達成目標後　我們會說
成功是大家共同的努力
所以每個人都有分享的權利
只是不能自私為己
影響多數人權益

人生有許多的問題
都不是只憑自己之力
就能解決
有時也應互相幫忙齊心合力
那怕是一點點舉手之勞的善舉
我們也不可忽視
在社會上只要事事心存感激
對於許多的問題
就不會再成為問題

第 319 首．黎明的希望

早晨從睡夢中醒來
走到戶外欣賞黎明
美麗的景色
此時黎明已展露出曙光
開放著像花朵美麗的模樣
走到家的後面看見
樹林有霧、地上的草有露
四週空氣清新我感受著黎明的美好
開始了我一天的希望

走出家門看到路旁工人
已準備開始工作
傳來陣陣打石的聲音
是如此憾動我心
我想著勞動最有力的模樣
是破壞與建築
我在地上看見偉大的建築
它裝著多少人的希望和夢想

每一天的希望從黎明開始
在工作中完成帶著收獲回家
我在黎明中想起這些辛苦的勞工
從打石工、模板工、鋼筋工、泥作工
蓋好了我們房屋的希望
我們的心是如此緊密相連
我們都為了幸福住居而努力

（繼續第 319 首. 黎明的希望）

我沉思著該如何寫下詩篇

來讚賞

讚賞那些每天一大早

迎接黎明希望的人

那些從早忙到晚的勞工

早起指揮交通的警察

早起忙碌的家庭主婦

早起用功的學生

早起耕作的農夫

還有讚賞黎明

帶給我們的希望

第 320 首.如何調整心情的變化

心情的變化像天氣一樣
有時陰天都是雲
看不見太陽但多半是充滿
希望的陽光
今天的日子跟平常一樣
我們的心情也像往常
愉快而舒暢

我們要走出開朗的大門
學習天氣
怎麼讓正常的壓力釋放
學習天氣
如何調節自然的氣象
讓情緒學會適度的發洩
學會控制理想的好心情
和如何轉換另一種角度的思想
以及如何迎接雨過天晴的陽光

把世界當成是一個溫暖的地方
當成是一個另人嚮往的天堂
把今天的心情寫在臉上
讓我們說出快樂的思想
不用羨慕一切美好的地方
我們的心情不受影響
因為生活的烏雲阻擋不了
我們的方向

（繼續第 320 首. 如何調整心情的變化）
雖然陰天多雲看不見太陽
但是我們的內心
仍然充滿希望的光茫

第 321 首．看清事實的真相

我在夜晚看清了事實的真相
看到了黑夜看見了月亮
發出銀色的亮光
滿天的星星閃爍不停
向我展現它們神祕的光芒

我在夢中看穿了夢的虛假
看到了夢的顏色看見了
夢境中七彩的光芒
滿懷著夢想猶豫不定
向我壓迫、加重了負擔
我在夢中把一些陳舊的負擔丟棄
把新的衣棠穿上帶著新的行囊
悠遊到天涯海角停留在寧靜的海上
停留在希望的山水路旁
我看見山在緩緩的移動中成長
在江河的環繞中茁壯

我看穿了我的想像
我的心讓我分不清
事實的真像
我的眼睛看見了心裡的汙垢
蒙蔽了我純潔的思想
我的眼睛看見的一切是心思的假像
此時唯有清除心靈的魔障
才能讓我的眼睛看清事實的真相

第 322 首．活著是為了什麼？

我們要活著是為了什麼？
有些人說不出也不想說
有些人說是為了隨心所欲
享受生活
有些人說是為了實現夢想
為了功名利祿
還有聖人說：「未知生、焉知死」
佛家說：活著是為了超生了死
求靈性之永恆不滅脫離輪迴
六道之苦
借修道的力量突破凡塵假體的束縛
而使靈性返樸歸真
加上名師一指點可使靈性達永恆
不生不滅之境
更有人說他不知道為什麼活著
所以必需活著，才能了解活著的意義

每一個人活著都有存在的
意義和價值
這就是天生我才必有用的道理
很多人覺得活著有點累、苦、寂寞
不如意
也有些人活著雖然辛苦但他覺得
值得且幸福
雖然有時寂寞但充實而不孤單
但有時為了愛及幸福努力的付出

（繼續第 322 首.活著是為了什麼？）
有時為了父母、妻兒、親友、社會
活著才有意義和價值
雖然忙碌只會讓他更積極和樂觀
當他面對不如意時會選擇輕鬆面對
用不同的角度來分析和處理

好好的活著吧！
快樂和痛苦在我們手裡
要我在自己去爭取
也需自己去努力
有時觀點的一轉變也能創造出
生命的浪花
活著是為自己而活
當必須為別人活著的時候
有時也會為自己帶來希望
為別人帶來幸福
最後就是要活得精彩
過得幸福

第 323 首. 日記的天地

用日記保存美麗的回憶
用心鎖鎖住心裡的祕密
和喜歡的人一起散步聊天
吃東西
跟可愛的狗兒說說
寵物的問題

早上起床放鬆心情
接近大自然鍛鍊好身體
靜靜的享受著生活
呼吸新鮮的空氣
走入公園中欣賞美景
看到對情侶正在親蜜
想像幸福的園地多麼詩情畫意
走到涼亭坐下休息感受風的涼意
拿起喜愛的書本細細詳讀
留下評語

走到路口交通阻塞擁擠
經過影城門口想起已經很
久沒有看戲
走入虛幻的電影裡影像清晰美麗
故事的主題描寫感人的愛情戲
我在故事裡想起以前美好回憶
回去時要寫在日記裡
好好的保存在美好的天地

第 324 首．他的山居生活

他過的生活不需要
別人來憐憫和幫助
要找他要經過崎嶇的山路
克服自然的險阻
他純潔的心靈來自
寧靜的修道生活
要進一步達清靜自然時
他放下了雜念和凡俗
他生活簡單樸素以務農為主
辛勤的耕作自己自足
他時常到山下賣自種的農作物
常和家人一起吃飯聊天
生活快樂而滿足
日子過得困苦內心平靜而知足
是什麼原因使他遠離凡俗
而不注重吃喝享福
他說：「清心寡慾，身心就能清靜、健康。身心健康了才有，
慈悲的菩提心和善良的憐憫之情。然後盡心盡力的來幫助眾
生，幫助他們離苦得樂；讓大家領悟「道」的好處。」

第 325 首 . 創作壓力

他美麗的圖畫柔和生動
突破了創作的難題
得到了肯定也引來不少話題
他的事蹟被公正的報導所讚美
現在事實已為大家所熟悉
這一段努力得到了讚賞

粉絲們恭敬的言語誇張的讚賞
在淺淺的社會裡高聲喧嘩
讓他們漂亮的言詞投入讚賞的
火堆中去燃燒
看是否經得起考驗

他得到了崇高的獎勵多數的肯定
讓平凡染上了色彩
他帶了獎賞離開卻到不了
下一站的榮耀裡
他走在創新瓶頸中榮譽的陰影裡
他到無人商店購買創新的習題
在壓力下尋求靈感
在熱鬧的人群中隱藏自己
他嘲笑了自己盲目的追求
貪婪的野心讓自己迷失走不出去

在這世界上有多少獎勵
可以做為遊戲？

（繼續第 325 首．創作壓力）
最後他把獎賞忘記放下壓力
走到下一站先休息
然後再次創新
再度面對大家崇高的獎勵
致上敬意

第 326 首 . 海的祝福

他們執意要到海邊觀看
美麗的浪花
算是想對甜密的戀情做
一種浪漫的表達
他不能再像以往
把愛情當作幻想
而毫無理智的被愛衝昏了頭

這裡的海深藍而潔淨
這麼多年以來
海仍然為許多人留下
美麗的夢想
為熱戀中的情侶提供了
許下山盟海誓的地方
像他們現在接受了海的祝福
面對著新的戀情
感受著浪花朵朵浪漫動人的景像
心情的起伏波動像海一樣
他們在海的見證下許下了諾言
它的期限直到海枯石爛

第 327 首．網路的迷惑

這是個寧靜的夜晚
小雨陪伴在我的周圍
猶如臉書中簡單的留言
傳來遙遠的問候
網路中虛擬的世界
是一種科技的創新
快樂的感受
快樂也不會長久
我始終在體驗一種真實的快樂
想要寫下一部寫實逼真的小說

在臉書中加了好友之後
我們就應該學會保護自己
保持神祕而浪漫又不失莊重
我想只有用心去感受
才能有所收獲
那些每天沉迷在網路世界
身體衰弱又缺乏運動的人們
他們在生命中消耗了青春損壞了視力
我關心他們想要幫他們找回
真實的生活

在網路中不能輕易透露
自己的內心世界
這虛幻像是一種神祕虛偽的遊戲
網路的訊息在我們的身邊四處流竄

（繼續第 327 首．網路的迷惑）

猶如空氣和水無所不在

這種神祕和浪漫使我忘記今夜的小雨

它傳達了自然而真實的問候

回到現實中看著室內的花朵

禁不起室外風雨的折磨

領悟到了人生的虛空

也像虛假的網路神祕又迷惑

第 328 首 . 您那熱情的雙手

在我們需要幫忙的時候
多希望有人伸出熱情的雙手
在寒冷的時候您把多的
一件外套借給了我
在朋友跌倒的時候
您及時伸出了援手
還有在風雨中受難的人們
也向您呼喊求救
等著您熱情的揮手

您的熱情幫了不少朋友
但是您總看不慣別人的冷漠
像街頭流浪的遊民
他們在寒冷的風中發抖
感受不到熱情的暖流
像一個迷失中的老人
找不到熱情的問候
和在孤兒院裡天真善良的孩童
他們都很需要熱情的雙手

這時候您熱情的出錢出力
陪伴在他們左右
您讓他們感到您的熱情如火

第 329 首．如何面對快樂和痛苦

我的快樂是善良和
知足的快樂
是增進別人快樂的一種快樂
因為我能樂觀而理智的
忍受命運的折磨
然後享有知足的快樂
有時看到別人快樂或者
把快樂與人分享
也可以為生活帶來樂趣
快樂其實很簡單只要隨時
保持微笑就會變得快樂
通常快樂的種子在無意中播下
在受苦時收獲

我的痛苦幫助了我成長
在困境中得到了進步
有時遇挫折只能勇敢的克服
逃避只是暫時抱怨也於事無補
而且要重新站起來面對不能
一直活在失敗和痛苦之中
生活的動力來自樂觀的勇氣
要確實認真的克服
在失去中找回幸福

我的知識一直建立在
我最初的教育上

（繼續第 329 首. 如何面對快樂和痛苦）
長久約束了我的品德和修養
現在只有重新溫習人生之道
和學習如何克制自己
成為自己的主人
才有智慧去面對痛苦
和慧根來追求快樂和幸福

第 330 首．假期

你終於等到
心花朵朵的假期了
快樂的情節正如你所願
旅遊的行程也在準備中
你必須放下工作的壓力
迎接遠方的祝福
我的心情像鍵盤上
跳躍的大頭音符
上下起伏
等著為你譜出動人的樂章
等著和你一起唱出
浪漫的歌曲
讓悅耳的歌聲傳向那
心花開放的旅途

第 331 首 . 坦白的心

有讀者問我
我的詩代表我的心
其實你不懂我的心
像月亮一樣
她永遠呈現光彩的一面
背地的辛酸
是別人不願看到的醜陋
這不是虛偽這是人性
人們總喜歡看到
快樂和希望
逃避了現實，隱藏了問題

每個人都懷有夢想
都害怕失望
怕朋友傷心
把堅強呈現在前方
把最快樂的帶給別人
只留下一絲希望

我這樣講並不誇張
我只是勇敢的呈現
人性的習慣
把希望和痛苦呈現
讓人們能自省
這是一個創作者
對自己坦白的交代

第 332 首. 想要過更好的生活

因為想要過更好的生活
他每天工作忙碌不停
平時常加班假日又兼差打工
但這還只是生活中的小部分
還有更多生活的難題
等待克服
比如健康、比如房貸的壓力
時間對他來說好像不夠
他像跟時間賽跑每天追著影子跑
時間像是他的敵人也像是好友
它準時、嚴肅從不打馬虎
它什麼都不管一直往前走
不像他每天嘮叨嫌它不夠朋友
他沒有高學歷也沒有特殊專長
他遲鈍、個性缺乏耐心
卻夢想過好生活
但他有吃苦耐勞的決心
現在只能以時間換取空間
來面對更多的阻礙和挑戰
他需要用心安排時間
做長期的規劃
才能有效的解決難題
苦悶才得以舒緩
眼前生活的疲憊難以言喻
心裡的壓力難以釋放
此時他也需充分的休息

（繼續第 332 首.想要過更好的生活）
來維持健康的身體
並偶爾在假日
出外休閒散心
培養生活的樂趣釋放心裡的壓力
在時間的考驗下努力的創造未來

第 333 首 . 欣賞生活

我們要學會欣賞生活
放輕鬆的把生活的枯燥減輕
以樂觀的態度來面對生活
讓生活成為一種藝術
欣賞其中的美妙和歡樂

我要讓你看到快樂
同時借你一點幽默
把生活變得更活潑
把煩躁單調的日子
添加一點心動的旋律
讓我們享受生活輕快的節奏

不要在這時為一些小事煩心
打開心靈之窗站在陽光之中
就算有一點陰影
也只是短暫的片刻
只因我們站的位置不同
欣賞的角度的差異
而有所不同的結果
但我們也許學會了欣賞生活

第 334 首 . 如何面對挫折的考驗

相比之下你比我幸運
暫時的挫折對你也只是一種考驗
如果你想過得很快樂
請把考驗當作是一種挑戰
把挑戰當作是一種磨鍊
就能在經歷挫折的途中
得到成長的喜悅

在生活中有豐富的經驗
才有完美的人生
我的經歷在挑戰山川之間
遭遇挫折時我絕不會腿軟
提起勇氣堅定向前

我們的遭遇不同
但我們都是來自共同的文化
與聖賢同領天命
與眾生共乘法輪
在面對人生挫折的挑戰時
有時走偏了方向
偏離了原本的初衷
我們在困境中屢屢受挫
有時因此改變了堅定的思想
改變了正確的方向
我們要回到信仰的天堂
要去領悟挫的考驗

（繼續第 334 首. 如何面對挫折的考驗）
調整心態堅持目標
才能重新獲得希望

第 335 首 . 白天和黑夜的夢

白天會用光和熱
帶來熱情和溫暖
使得世界充滿活力和希望
白天也會用祂的熱情來
折磨做白日夢的人

時間會用白天
帶來太陽希望的光茫
用黑夜帶來星月閃爍的夢想
讓日夜循環生生不息
黑夜睜開了眼
看著喧嘩的城市
祂把神祕的光彩
照在還沒閉上眼的人身上

我可以閉上眼睛冥想
重新感受時間的重量
認清光明和暗淡
但卻無法領悟一生
如此的匆忙
而時間又是一天、一天的過
白天和黑夜的夢依然如往常

第 336 首．紀念日

當舉國歡騰的節日到來
一個永恆的紀念日成為
政府與民間在各地舉行
的慶典
節日禮慶的國旗
在每個路口隨風飄揚
遊行的小學生隨著隊伍
快樂的走過去
一群愛國的志士
懷抱著愛國如家的心情
在廣場上揮舞著國旗
迎接莊嚴節慶的開始
而節慶的人潮為全國
帶來旅遊的商機

我帶著全家來到了旅遊勝地
把娛快的心情交給藍天綠地
忘了煩惱
快樂的享受大自然的美麗
欣賞那些隱藏在時間深處的神奇
而孩子們正跑跳嬉戲
讓我感受到無憂無慮的活力

每個紀念日都有它重要的意義
想起那些盡忠報國的勇士
為國為民盡心盡力
我們更應該表達對他們的敬意

第 337 首 . 一個人生階段的希望

每一個人每天都在
等待一個希望
童年希望早點成年
成年後希望早點成家
之後
又希望早點事業發達
名利雙收、早點退休
生命中每一個時期
都有不同的希望
在希望中
等待時間的到來
等待希望的實現

她每天都在等他的甜蜜電話
每天都想著他
早上送他快樂的去上班
晚上盼望他早點回家
成家後
幸福的花朵綻放著美麗的期待
舒適的家庭生活幫助了事業的發展
家給了他最大的力量
他的心靈得到溫暖的滿足
他的生活得到了最好的照顧

（繼續第 337 首.一個人生階段的希望）
現在他每天生活在幸福快樂的希望中
希望的光茫正照耀著他
而等待的希望也在他心理開花結果
他對於人生每階段的成長充滿希望
時間對他來說像是幸福的
保障是等待中的希望
時間也是他希望的泉源
源源不斷的活力
他不斷的在時間中付出心力
為了一個人生階段的希望
和等待的夢想

第 338 首．處理雜物的領悟

我們常會留下許多雜物
在面對取捨時會捨不得處理
怕丟錯因而困惑
其實惜物愛物是買真正需要的
而不是買了沒用佔了空間又捨不得丟
這時我們應該把多餘沒用的
捐出或回收才能使物盡其用
像秋葉捨棄樹枝的依靠
所以樹才能過嚴冬
像有些文人投筆從戎
捨棄了自己的理想
為國盡忠
我們國家才得以安定人民才得以幸福
像我曾經穿過的衣服
而今它們已不合穿
放置太久佔了空間
也沒物盡其用只因為捨不得丟
而自私的擁有
如今只有捨得把它捐出
化小愛為大愛
才是真正的惜物愛物
物盡其用
我們在取捨的時候看到一些道理
也應該有所領悟這就是我寫下來
供大家參考的用意
希望大家能了解有捨才有得

（繼續第 338 首. 處理雜務的領悟）
暫時的捨去並不等於失去
反而會從另一方面得到更多

第 339 首 . 陌生的環境

一切都是陌生的環境
只有從新開始慢慢的
熟悉適應
每個寂寞的夜晚
月亮都會如約前來
陪伴我這沒出過遠門的孤單
早晨熟悉的陽光
照在這片陌生的土地上
溫暖了我孤單的徬徨
看到陌生的鄰居
靜靜澆花在自家的庭院中
隔著藤蔓我看到她露出
親切的笑容跟我打招呼
陌生的環境怎麼如此美麗而熟悉
像家鄉裡的人情味
她的呼喚溫馨感人
隔著開滿花朵的庭院
雖然陌生　卻感安詳
在不知不覺中飛來了
許多陌生的昆蟲
讓這陌生的環境
增加了不少的活力和希望

第 340 首 . 如果我能勇敢的哭泣

如果我可以勇敢的
為自己哭泣
如果我有那份勇氣
讓我可以背對人群
在這傷心的世界裡
哭泣

如果我感到非常委曲
感到被人遺棄
感到痛失親人心碎的別離
請讓我打開心靈勇敢的哭泣
讓我高舉孝道的幡旗放聲大哭
讓我用善良的心為苦難的
人民哭泣
如果我還有勇氣就讓我化悲傷為力量
為自己的苦難努力

我們不能害怕哭泣也不能羞於哭泣
哭泣像希望的種子藏在我們心裡
哭泣吧！
它可使我們深重的憂愁減輕
它是珍貴的心雨
滋潤了我們的心田

第 341 首 . 營養的問題

摘下一片夢想放入正常
三餐的飲食中增添營養
健康美麗
調整人體三大營養素：
蛋白質、脂肪、醣類的排列
簡單的說：就是不要偏食
只吃肉、飯菜又吃得少當然瘦不了
在健康的生活中我常吃蔬果
來增加抵抗力以預防生病感冒

若有人問我健康的飲食方法
我也只能簡單的回答一些
基本的常識、一個瘦身的方法
和簡單的養生之道
其餘深入的問題我也有待學習
要知道有些專業問題
充滿了知識唯有請教營養師
和專家才能進一步了解

我在健康的生活中對一些
吃的問題言語謹慎
我常照著食譜控制熱量的補充
把身體的營養攝取充足

第 342 首．一個錯誤的決策

所有過失的決策都是
錯誤的強求所致
一開始就被利慾沖昏了頭
才成為事業的危機

例如一個公司本是
穩健的成長
因為在錯誤的時空和經濟前景
不明下去犯一種投機的錯誤
於是這種錯誤的投機事業
在經濟日漸蕭條下就成為
影響公司本業最大的敗筆

因為讓虧損拖累影響未來
為此公司陷入困境
那種淒涼的失落理想的落空
讓曾經輝煌的公司漸漸衰退
直到放棄投機的錯誤
做出停損才能轉危為安

第 343 首 . 我一直想幫妳

我一直想幫妳、接近妳
因為妳我是同事關係
雖然近在眼前
卻像很遠，如在天邊

妳注意到我在看妳嗎？
我可以再靠近一點嗎？
輕輕的風飄來
帶來妳的髮香
是妳獨有清新
自然的芳香
輕輕的風飄去
帶走妳的溫柔
帶走妳善良
美麗的芳踪

我越過了千山萬水
尋找風的入口
只怕妳離我很遠
只怕不能接近妳
聞不到妳的髮香
我因此日日夜夜
為妳守候
因為我一直想幫妳
接近妳直到永遠
妳可知道我的善意
是為了一份愛的友誼

第 344 首 . 人生舞台

生活隨著情感的樂章
唱出動人的生命之歌
生命隨著人生的舞台
演出精彩的悲歡離合
快樂時呈現出美麗的
笑臉唱出歡樂的歌聲
悲傷時表現出哀怨的
神情唱出憂傷的歌曲
人生的舞台起起落落
演好自己的角色唱出
快樂與憂愁讓生命之
歌在人生的舞台上表
演得精彩生動又逼真

第 345 首 . 走出艱困的旅途

在艱困的旅途中
最容易使人亂了腳步
即使沒有太多的希望
沒有一路順暢的陽光
也可以繼續走出山窮水盡
艱難險阻的信心

想著旅途的足跡步履滄桑
前山的浮雲一再遙遠
我們最終的目的
在美麗的山水中沉默
牽動一顆惶恐不安的心

而它默默的考驗著
我們的勇氣和毅力
即使得到的不多還是
會有希望的微風吹襲

我們要在過程中反省失誤
進而調整行程
同時克服險阻的路途
踏出輕鬆的腳步
走進傳說中
美麗的人間樂園

第 346 首 . 感謝橋的便利

我們常在橋上
欣賞兩岸的風景
俯視橋下悠悠的河水
觀看兩旁開滿鮮豔的花朵
呼吸微風吹來的花香
遠望四周大山綠水環繞
靜靜的陪伴著大橋
此時的心情也會慢慢的舒暢

我們了解橋的兩邊土地
被分割的心情
兩旁道路被截斷的不便
我們要用智慧建立兩岸的橋樑
要用心連繫土地與土地的感情
來解決跨水或越谷的便利
以及確保運輸工具及行人
在橋上通行無阻的安全

為此人類發明了「橋」
使道路更加通暢也解決
人與人溝通的問題
橋是土地與土地的連繫
像人與人增進的情誼
橋也是河流與道路的友情
是人們能坦誠相見及
揮手告別的美好記憶

（繼續第 346 首. 感謝橋的便利）
我們應該感謝橋的便利
也希望有更多的橋來增加
士地與人們的情誼

第 347 首 . 讓愛看得見

我們的愛看得見
當您難過沮喪的時候
我會用我最真誠的問候
溫馨的笑臉出現在
您需要的面前
為您帶來安慰與幫助
讓您連做夢也會感到快樂
讓快樂如影隨形的在您身邊
陪伴您左右

當您憤怒不平的時候
我會用我最誠懇的關懷
俏皮的笑臉為您帶來
安撫與幫助
陪伴您到心平氣和
笑出來的時候
讓您連做夢也會微笑
讓美夢如幻似真呈現眼前

當愛為您付出當愛是長久
沒有期限的時候
您會發現愛的坦誠、自然和單純
從真誠的表現中感受愛的幸福
您會看見愛的善良
雖然不是很完美但也絕不虛偽
很自然從不掩飾始終如一

（繼續第 347 首．讓愛看得見）
這世界有許多真心的愛
令人感動祂選擇默默的付出
從不求回報
當我們看見了愛感受愛的存在
也要把自己的愛表現出來
讓所有人都明白

第 348 首．痛苦（上集）

我們面對痛苦的時候
常缺乏智慧和勇氣來承受
首先我們要了解什麼是痛苦
確定來源、戰勝痛苦
最後解決痛苦
什麼是痛苦？
它是有意識的痛苦是身體
和心裡感受到的痛苦
身體的病痛傾向用醫學的
方法去解決
而心靈的痛苦則需有智慧
的修行和信仰的寄託
或請教心理及精神的
專科醫師
才能處理
排除疑惑及心理的障礙
進而戰勝痛苦

佛家說痛苦來自於我執或執著
所有痛苦
都是我們的執著所造成
而外在的因素並非關鍵
只要能捨得放下及樂觀的面對
才能解決貪念帶來的痛苦
沒有修行的人大都以為幸福
快樂來自於外界而向外追求

（繼續第 348 首.痛苦（上集））
殊不知只有內在的滿足
才是解決之道
所以要真正的解決痛苦
只有從內心開始轉變
和領悟才能面對痛苦
未完待續下集

第 349 首．演出

節目快要開始我們正
準備進入會場看表演
首先是歌唱的表演
舞台上藝人正用心的演出
他們有
甜美的表情、美好的臉孔
漂亮的服裝加上表演時
美麗的燈光閃爍
此時歌聲悅耳、舞姿美妙
高潮不斷台下觀眾掌聲如雷

新奇的特技演出走尼能繩索
和一般鋼索的表演不同
會上下左右晃動
像在空中跳芭蕾舞一樣的
美妙活潑
震憾了全場驚嘆的目光朵朵
突破了視覺的最高享受
他們成功的挑戰了人體極限

讚美他們吧！
超凡神奇的才藝也只能如此
他們若沒有表演時的勇氣
又如何表現出特別的效果
節目的精彩難以言說
談說風趣的主持人

（繼續第 349 首.演出）
優雅的笑容伶俐的口才
算不算也是藝術的一種？
我們欣賞著表演心情放鬆
在這大廳演好觀眾的角色
也算是這場表演中的一角吧？
人生的舞台有時是觀眾有時是
主角或配角
只要好好的演出就會有美好的結局

第 350 首．真理的祝福

讓真理減輕痛苦
讓愛沒有界限
可以在世界流傳
我看到萬物在愛
的環境中成長
我聽見時間在真理的
希望中歌唱

當我了解真理的優點
痛苦的心靈就會減半
雖然還沒得到真理的
祝福
必須借助修道來提升心靈的層次
必須像時間一樣不停的前進
必須在前進中不斷的反省
心靈的痛苦惟有用真理來
舒緩
讓愛通過真理的考驗
必須澈底了解
接受真理的祝福

第 351 首 . 簡單的運動

什麼是運動？
當你以健康為前提
隨心所欲
做好身心的準備
在空閒的時間
穿舒適的衣服
到正當的場所
做體能技術的訓練
及出力的休閒和活動
並且要注意身體的感覺
知道量力而為後
做適當的活動

這不是比賽
你不用穿越極限
也不用發出超能量的要求
更不會有失敗的落寞
我們在運動中合作愉快
抱著健身的意志
做著快樂的活動

我們要了解所有的適當運動
依據每個人的體能、年齡、健康狀況做區分
有的人不適合劇烈運動
也有些人任意的以各種藉口
逃避適度的運動

（繼續第 351 首. 簡單的運動）
他們缺乏運動的耐心和知識

所以運動的興趣因人而不同
不要把運動當作是一種生活的壓力
要自然而然的做自己喜歡的運動
放鬆心情，愉快的動一動走一走

第 352 首 . 一個朋友的憂愁

我到他家看見他
憂郁的坐在客廳中
他突然掛斷手中的
電話 站了起來
不安的來回走動
他無意的揮走
停在他身上的蚊子
翁翁聲不停的
擾亂在空中
我和他喝了杯酒
安慰他不要憂愁
一次的失落
並不能代表什麼

我們自己要重新振作
不要在乎別人的苛求
我們自己要勇敢承受
不要逃避現實的折磨
生命在成長
責任和榮譽為我們的
努力帶來豐收

我為他想了其他方法
提供了些意見
他的表情不再憂愁
我感到他的笑容變得自信
他的呼吸變得輕鬆

第 353 首 . 愛情和工作

請不要埋怨我用沉默來表達我的感情
我對我還沒認請你便愛上你感到疑惑
請不要懷疑我對你忽冷忽
熱的態度
我怕近了令你心煩遠了令
你生疏
雖然我有好多話想對你說
但說多了怕你嫌煩
說得不夠又怕你不了解我的心意

原諒我為了工作而暫時對你冷漠
謝謝你體諒我對我不離不棄
我利用業餘來打工是為了生計
我從不向現實低頭只怕辜負你的寄託

請相信我暫時將生活的
重心用於工作
我在工作中卻用了大半的
時間來賺取生活
我打算以數年的努力
過這種辛苦的日子

我打算用賺來的錢為我們
將來買下可愛的窩
對於金錢我並非一味的追求
凡有益於幸福和家庭的工作
我都會先做

第 354 首．痛苦（下集）

戰勝痛苦並非能完全解除痛苦
只能減少及避免類似的再發生
一般人的痛苦大多由金錢、情感、家庭、愛情、工作所產生
的痛苦
如果只從外界去解決、改善　而內心沒有真正的領悟也只能
白忙一場
所以用良好的修養和智慧及善良的信仰才能戰勝痛苦
解決痛苦若只從醫學的
精神科、心理科去治療
雖然得到暫時的舒緩
但也無法解決根本的問題
到頭來還是得用智慧及修身的
領悟才能看穿痛苦的心
我們知道痛苦只會傷心對事情
也沒有幫助而且有害身心
假若能用智慧和良好的
修養及信仰的滿足心
就沒有所謂的痛苦和自作自受

學習古人的智慧才能苦中作樂
遇到痛苦不消極逃避而是勇於應對
在痛苦中平靜接受坦然面對才是真正
解決了痛苦才能化悲痛為力量去改善
內在和外在的痛苦

第 355 首.路的方向

路走多了要學會堅強
路走遠了要找對方向
我們常對生活感到迷茫
而失去方向
因為路途遙遠而走向空白
因為失去了信心而從此沮喪
沿著漫長的黑夜尋找失去的收藏
讓所有星光閃爍著一點希望
等待黎明時真實的方向

在這路途漫延著回憶的藤蔓
四周荊棘密佈道路被信心的大樹壓住
我期望的路就在前方
我的思想變得比這路還要險阻艱難

路的另一端在心底
我看見路的方向
重新出發爬過阻礙的遠方
我已看清了路的方向
大地在我用心的努力中退縮
我忍住珍貴的淚珠學會堅強
在遠處找對了方向
走出一條自己的路
並克服險阻走向希望

第 356 首. 簡單的說話

說吧！有什麼話說出來
不說別人怎麼明白
說來話長，想那些年——
說話看似輕鬆自然
但要想想怎麼說
該說的要說
不該說的不能說
已經說了要設法轉個彎
縱使他一時不能了解
將來也能諒解

讚美的話被作為拉近彼此距離的好話
能給人快樂又能結善緣是我們學說好話的開始

說服別人的話要恰到好處適可而止
有些話一句頂萬句即使言之有理
也要注意口氣
要以德服人並以誠心感化
才能激發他的共鳴達成說服他的目的

聽話跟說話一樣重要
有些謠言不要輕易聽信
也不要昧著良心去傳遞
更不要惡意的斷章取義加以攻擊
聽清楚別人說的話要能專注凝視
並要善意的點頭禮貌的回應

（繼續第 356 首. 簡單的說話）

說話要站在對方的立場思考
並了解對方的需求或苦衷
不要只顧自的暢所欲言
不理對方的感受

話不投機半句多的意思
並不是沒有共同的話題
而是要我們能誠實的說話
並注重說話的學問和技巧
注意別人的感受才不會
無話可說

第 357 首 . 發現人生如夢

有一天你會醒來醒來發現
人生如夢富貴得失無常
什麼也沒留下
若能及早醒悟空虛的人生
就能過得真實
把道德留給世人、好的言行
留下、建立功德
做出貢獻給後人做典範
做到「三不朽」
雖然如夢短暫虛空也不枉此生

不論我們是否了解生死的迷惑
日子也一樣要過
不用擔憂萬劫不復
走入自設的陷井中
有人說:「人如果只活不死,就像石頭,沒有活著的意義;相
反的永久活著,也不一定幸福。」
我覺得生命的意義:是延續和創造
目的在增進生活
有人希望長壽過著享受不完的生活
也有人希望早日解脫
脫離過不下去的痛苦折磨
生命的開始來自父母的愛
生命的延續要把愛傳遞
生命的結束要把愛留下
遺愛人間

（繼續第 357 首. 發現人生如夢）
給後人一個愛的希望

有一天你會發現你已經變老
老得害怕生離死別
老得發現所有的爭論已不重要
你會發現信仰
是一種壓力的釋放　精神的寄託
發現夢與真實的界限

第 358 首 . 異鄉生活

我在異鄉看著一些親友的照片
慢慢的翻閱細細的回想
覺得心情漸漸舒坦
一解了我思鄉的愁悵

我想起了老家，老家院子裡有
桂花在等貴人來，貴人來了桂花開
桂花開了滿庭院，十里飄香勝花海

我想起了老家門前有顆老樹
樹下有人乘涼
他們一身輕裝坐著下棋聊天
風飄落淡淡的憂傷
那些飄離枝頭的黃葉
留戀著不捨感嘆命運
不能改變的結果

我需要一些朋友的溫暖在異鄉陪伴
從城市到鄉村走出寂寞的荒涼
一個清新的浪漫彌漫著幽香
我想像的生活抒發著詩意盎然
我在異鄉辛苦的勞動過另一種生活
常常想起自己的一份承諾無怨無悔
黑暗中我期待它成為午夜中的燭火
不畏清貧的風不停地吹拂

（繼續第 358 首．異鄉生活）
我希望建立自己的家園
建築在生活感動的地方
那有我的夢想、我的血汗
我希望回到我的故鄉
我的故鄉使我快樂的成長
那是我最愛的地方
有我最美麗的記憶
我的父母讓我幸福的成長
讓我在愛的環境中茁壯
讓我今天能出外奮鬥志在四方

第 359 首 . 省略的問題

我們常為省略一些細節
而忽略了整體的意義
就像我們為了省錢
買了許多特價的東西
結果反而吃不完放著過期
不僅浪費了時間、金錢還有電力
就像我為了寫一首詩
用了許多時間、看了很多書、參考了許多資料、想了許多的
問題
最後還是忽略了許多重要的意義

我常想
寫詩我不如詩人
他們為了詩意的美麗
而模糊了自己的心意
很多詩我看不懂
也猜不透像謎語
寫人生
我不如修道者
他們滿腹經綸
早已看透生死
加上他們品德高尚
舉手投足之間充滿
智慧的禪意
看了令人產生敬意

（繼續第 359 首．省略的問題）
不得不省略的言外之意
是不該排擠到重要的主題
而美麗的詩意也不能
破壞整體的意義
像詩經的詩句豐富生動
對於內容表達
也充滿重大的意義

第 360 首．佛在心中

我們靜下心來集中精神
默念佛號
說出需求，為自己或別人祈禱
不知我佛是否有聽到
何時才會下凡相助？
是否心誠則靈、有求必應？
平凡的人老實的臉孔
多少困惑藏在心中
他的用虔誠的心向神祈福

祈盼救助的目光，在苦海中沉浮
著急的掙扎，祈求神佛給他一點幫助
其實佛在心中莫遠求
我們每個人都有劫難
本應自求多福、多積陰德
劫難來時接受苦難的磨煉
在磨煉中增長智慧之光
才有耐心和毅力接受上天的考驗

自助而後人助人助而後天助
在人間就有許多慈悲的活菩薩
在你身邊，像你親人一樣
愛你、關心你、幫助你
並能救你脫離苦海
助你走向修道立德的
人生之道

第 361 首．畫的想像

只要有足夠的時間
我都試圖以不同的角度
來欣賞這些畫
把它仔細的欣賞幾遍
每次欣賞時總會有
不一樣的想法
即使是用心的觀察
也會有不同的落差
然後帶著美麗的記憶
回到五光十色的城市裡
想像畫中的柳綠花紅和
鶯歌燕舞及生機勃勃的景像
感受著心靈的平靜和舒暢

此時敞開的心靈
飄出一股清新的氣息
窗外也傳來輕快的音樂
我就像一個天真快樂的小孩
捧著夢幻的童話
走進如詩如畫的樂園
盡情的玩耍
童稚的笑臉和幸福的花朵
全都和畫中的景像一樣綻放

第 362 首 . 不用擔心

不用擔心我們的好運和壞運
總會隨著時機慢慢轉換
時光將再次回到我們身上
我們不要只因一時的失敗
就放棄原有的夢想
漫長的黑夜已經離去
憂鬱的陰影也會慢慢的退去
今夜不會再有痛苦的惡夢

我們曾經努力過多少目標和夢想
經歷多少失望和期待
我們要把信心化為力量
用勇氣實現夢想
誰不曾動搖和放棄
誰就能成為有用的人才

但是黑夜又將來臨我們默默的
祈求神賜予我們力量
用信心、勇氣和智慧來實現夢想
我們經歷了那麼多失敗、挫折、痛苦、榮耀、快樂、富貴榮
華、酸甜苦辣
沒有人可以錯過任何一種味道
因此我們更須珍惜人生當下的一切
人生也像一鍋什錦湯
各種味道樣樣俱全
我們還須準備什麼食材

（繼續第 362 首. 不用擔心）
來添加那已豐盛的晚餐？

不用擔心那麼多，人生的時間不長
好與壞都會發生，就順其自然吧！
只要有信心和勇氣，就有力量和希望

第 363 首 . 一個朋友的履歷

其實他早就失業
這些日子一直忙著找工作
他把履歷寫得很詳細
招聘的主管問了些問題
他認真的說明自己的經歷
他畢業於國立大學博士學位
他知道學歷不代表能力
也難以成為加分題
他曾經從基層做起一直升到經理助理
他也知道許多人都有這種經歷
他在農村長大有著吃苦耐勞的毅力
他明白這點還算可以
但這是基本的條件
這次是為了他父親的身體
把原來的優渥的工作辭去
這個理由可能為他
帶來令人感動的轉機
現在他父親的病情已好轉
他才放心出外應聘
他的眼睛炯炯有神
充滿自信、身體強壯
喜好文藝 以寫作為樂趣
不善言語,只讓他的作品
說明他歷經滄桑的人生經歷
讓人了解他完整的簡歷

第 364 首．我隨口說出了謝謝

我隨口說出了謝謝
很多次你幫了我
我想都沒想就說出了謝謝
好像謝謝就在我嘴邊上
我常報以甜美的微笑
並隨口說出了謝謝
早上上了公車
我說了聲謝謝
謝謝司機先生
開門載我然後找了座位坐下來
看了車上的人
有的忙著滑手機、有的在看書
我望著窗外阻塞的交通
心急著上班的路途
走進公司到了會議室開會
說著業績成長的報告，上司誇獎了我
我隨口說出了謝謝
中午午餐時間我走到了樓下員工餐廳點了自助餐
擠出了一個空位坐下跟讓坐的同事說了聲謝謝，下午我必須
出外洽公上了公務車向司機說明地點後說了聲謝謝
晚上我準時回家，我已忙了一天回到家的懷抱看見妻子迷人
的笑容走來幫我開門，準備我們的晚餐我隨口說出聲謝謝晚
餐後坐在客廳和朋友泡茶聊天，看著好笑的電視頻道妻子送
來了水果，我隨口說了聲謝謝辛苦了
朋友走了妻子收拾好了客廳我隨口說出了謝謝
她回以迷人的微笑好像是

（繼續第 364 首. 我隨口說出了謝謝）
美麗的天使，快樂的飛了起來
我常隨口說出了謝謝，不管是不是多餘
只要我心存感激，由內心發出的感謝
就能為自己和別人帶來快樂

第 365 首. 徘徊的乞丐

我們偶爾會看到乞丐
徘徊在市場週邊
徘徊在車站或碼頭的兩旁
他們穿著破舊
手裡拿著碗或地上擺個盒子
嘴裡唸著令人可憐的聲音
吶喊著痛苦啊！
說著他們身體殘疾
無法謀生的故事
飢餓是可憐的
它使人心生憐心
同樣的飢餓也會使人
起盜心及起憎恨心
每遇這種情形
我總會找一些零錢給們
我也曾受貧困之苦
有一點憐憫心
雖然我知道他們大多
已職業化
有的靠穿著演技來博取同情
但總會有些真乞丐吧！
他們常用可憐的表情
看著你，等你來同情
或者看到你正在吃東西
走過來向你要東西吃
這是他們的一種

（繼續第 365 首.徘徊的乞丐）
生存方式和求生方法
而我們只是比較幸運吧！
我們的服裝比他們光鮮
道具比他們亮麗
技巧比他們高明
而且我們不僅利用了同情心
更利用了人性的優點
來爭取而已
在可以乞求的地方
乞丐伸出了縮不回的手
向我們要求施捨向任何人乞求
我們千萬不要去鄙視他們
因為那等於是瞧不起自己

第 366 首．美麗的地方

任何的方向都有它
美麗的地方
任何高度都有它
可愛的翅膀
等著我飛越幸福的考驗
在生命的空間翱翔
眼前的曙光讓我
看到了光明的希望
實現了我在黑暗中
等待的夢想

美麗的生命像樹一樣堅強
活著是為了美麗的成長
在春夏時快速成長向上茁壯
在秋冬時不畏冰霜勇敢堅強

我在生命裡經過美麗的地方
想像那些神祕未知的自然
看到美麗在燃燒，火焰在想像中衰退
看見水中的明月，看到天空中朵朵白雲
奇特的模樣，但我感受不出美麗的景像
我只有用心來培養，仔細觀察慢慢欣賞

美麗的地方需要細心的發覺慢慢想像
如果心靈是美麗的就能看到很多
美麗的地方
而美麗的地方也可以使心靈更加舒暢

第 367 首 . 祕密

有一個祕密藏在心底
不知如何說起
說了怕你傷心
不說又怕害了你
這個不能說的祕密
只好暫時的收藏在
黑暗的角落裡
我忘記了
善意的隱瞞找不到
一個完整的詞句
我找到的新鮮藉口
卻帶有苦澀的味道
最後我只能從一束
漢字中攪拌出
幸福的香氣

是誰在操縱我們的一切
不敢相信有關美夢的謠言
然而我們失去的事物是無
法被人領悟的珍貴
只有期待成熟的語言
能在風中為我們祝福

而我的祕密只得
暫存在冰冷的
角落裡沉默

（繼續第 367 首. 秘密）
我的詩詞也無法在
最後章節寫出祕密

第 368 首. 年輕的夢想

生活的壓力壓在年輕人身上
年輕的夢想被親人的期望所影響
我看到優秀的青年在父母的期待下變得沒有選擇的說出別
人的夢想
更遺憾的是有些夢想憑空想像
缺乏毅力，無法腳踏實地

隨著時代的進步、物慾高漲
穿上名牌，內心仍然虛偽貪婪
當我們不缺錢，已經過很好的生活
那貪婪還有什麼意義？
我們期待的夢想好像泡沫一樣
一個個破滅
終於醒來，學會了反省的能力
期待想要學到一些實務的東西
或許事情會有轉機也會有勇氣
來為夢想努力

面對生活的壓力請用心想想
我們曾付出多少努力克服多少困難
請學習失敗的教訓也學習別人
如何成功

我們要了解夢想、了解自己有多少能力
了解它另一面的辛酸，為何是我們
不敢接受的事實

覃
合
理

詩
歌
集

（上）

（繼續第 368 首. 年輕的夢想）
除了要有美麗的夢想
我們還需勇氣接受生活的壓力
和現實的磨鍊

第 369 首 . 沒有不散的宴席

隨著最後一道甜點
上桌酒宴也將結束
大家已酒足飯飽
賓主盡歡
酒宴雖然簡陋
人情卻很溫暖
那溫暖像把火
溫暖了我心窩

散場以後
各自帶著滿足的笑容離去
我望著他們遠去的背影
感觸良多
歡樂本來就來得快卻不長留
留下的只有期盼，下次再聚首
想起來有點不捨
如果沒有離去的不捨，那來聚首的歡樂
誰能留下快樂，而不讓別人帶走
誰能帶走自己的快樂
也帶走別人的憂愁
這個問題複雜難懂
擾亂我的清夢

從來沒有不散的宴席
也沒有永恆的快樂
每個人都有自己的事

（繼續第 369 首. 沒有不散的宴席）
也無法為此長留
雖然一切都無法挽回
時間也難回頭
但我們可以再次計劃
下次酒宴的歡樂

歡樂在我們手裡要懂得
去計劃和創造
不要只會回憶和感慨
那些所謂不散的宴席
如果能多創造一些歡樂
就沒有所謂宴席
散與不散的問題
把每天當作是宴席
這樣就可以每天迎接快樂
和每天送走憂愁

第 370 首 . 人生的列車

在人生艱困的大道上，我們有如搭乘在路上的兩部列車中
沿著各自的路線行駛，欣賞沿途的風景
卻也曾迎面相遇幾回，禮貌的揮別幾回
我們曾試著下車或轉車
去欣賞中途的景色
也不羨慕別人走的距離較遠
旅遊途中所遇的經歷和風景較優美
重要的是我們要知道前往終點的時間
會隨著路線的不同而改變
但沿途的風景只要懂得欣賞仍然會有豐富的收獲

我們不知道今後的命運會如何
我們要看清楚自己的目標、選擇
自己認為對的路
能走多遠要靠自己的能力
走錯了，要勇於回頭，因為時間是有限的
時間將是你最好的朋友
有金錢而沒時間，人生有何價值可言
有時間沒金錢，則需利用時間去
賺取金錢
兩相平衡，就能掌握生活的重點
此時注意廣播，不要搭錯車
「人生的列車準備要開了，請各位人生的旅客趕快上車。」

第 371 首．業餘作家

他是上班族，利用空閒在家裡寫作
他不靠寫作為生，只要有靈感就寫
沒有創作的壓力
寫作是他的興趣
記錄他自己的感受和抒發健康的情感
培養高尚的情操
他懂得規劃自己的工作
把事情做得完美
和同事協力合作，按部就班完成任務
他同時也是家事達人
他借助家電用品的幫忙
只要將碗盤放進洗烘碗機裡
就能節省時間和水電費
上班前把掃地機器人設定好
回家時已打掃完成
晚上把髒的衣服放進洗乾衣機裡
早上只須摺好就可以
他使用家電用品
雖然花錢，卻能把時間用來陪伴家人
他喜歡和家人一起出遊
帶著相機，走進美麗的風景裡
尋找美的角度和靈感留下美好回憶
很快的一天又過去，剩餘的時間
他走進語文的帝國裡，抒發情感和釋放壓力
今天工作累嗎？生活快樂嗎？
他寫起詩意的雲朵，躲進愛的天地裡

第 372 首．寫詩的意義

我寫一首詩要用很長的時間
有時半天也寫沒幾句
我常想詩應該是能吟誦的
能感動人心、能填滿孤獨和
空虛
我在詩中常寫下一些問題
有時寫別人有時寫自己
有時寫一些做人的道理
都是我用心的詩句
我知道世上有許多人在關心著
人生的議題
我只能暫時用我拙劣的筆
寫出想像的詩句
寫出讚美人生的意義

詩使白天充滿活力
使夜晚充滿浪漫的氣息
使一盞盞的燈睜大了眼睛
想像著燈光閃爍的詩意
有時我會戴上眼鏡去看
另一個孤獨的天空
我熟悉的人都還在忙碌著
未完的壓力
他們臉上沒有了笑容
只有緊張和苦惱的表情

（繼續第 372 首．寫詩的意義）
詩應該一看就能有好心情
使得枯燥的生活暫時得到調劑
詩應該無所不言
使得漫長的人生得到心靈的寄託
成為可以抒發情緒釋放壓力的
生活伴侶
陪伴著我們解開迷惑和空虛
陪伴著我們快樂和得意
讓更多的詩來吟誦美好的人生
讓我們自己來唱出心中的
那首美妙的詩歌

第 373 首 . 歡喜的風

風送來涼意，它悄悄的來到
我這裡帶著歡笑也帶來驚奇
風輕輕的唱著歌
唱出了花紅新綠的愛意
它的聲音悠揚
讓我的煩惱像吹落的樹葉落滿地
它滑過水面吹起剎那的漣漪
讓我想起美好的回憶
它吹著廚房忙碌的妻子
為我們送來幸福的香氣
我張開了雙手，迎接風的到來
它吹過水田稻苗、吹過了濃密的果園
等待著夏日的陽光、雷雨陪伴著我們
一起為豐收而努力
風從夜色裡出來帶來歡樂的氣息
美妙的聲音，還有幸福甜密
讓我驚奇又歡喜

第 374 首. 我們找到了平等

佛家說：「眾生皆有佛性，我們可以在佛教中找到眾生的平等；
這是慈悲的平等，所有動物都有受到尊重」
我想在這遼闊的世界
萬物也是一致的
我們相信上帝創造萬物
並不是迷信
生命不可能從無生命的物質
自行發育出來
從自然界的植物到動物
到有秩序的世界
我們不得不驚嘆造物者的神奇
我們知道世界的有情眾生
和無情眾生都是相互依靠
才能存在
我們在有情世界的短暫生命
雖然渺小但可貴
因為我們可以主宰自己的命運
改善世界的美好
以及創造可貴的平等

第 375 首 . 享受的咖啡

坐在咖啡館裡給自己一點
寧靜的享受
感受著優雅、浪漫的生活
喝上一口現磨的咖啡
品嚐香醇和苦澀
滿懷舒暢的心情
想像幸福和快樂
此時的心情像湖面
的漣漪在心中輕輕的蕩漾著

看著窗外細雨中的人群
忽忽走過
我發現一個陌生的常客
在細雨中徘徊
帶著優雅的氣質、明亮的眼鏡
閃耀著智慧的光彩在雨的祝福中等候
他不時望著窗前的花草
卻看不見美麗的花朵
這裡沒有邂逅，我眼前也沒有花朵
只有這杯孤獨的咖啡
濃得像我心裡的苦悶
像我過去的憂愁
喝著咖啡我又想起了以前的
荒唐和落漠
抬頭看著窗外又看到了
那個陌生的常客

（繼續第 375 首．享受的咖啡）
他的背影漸漸地遠走
像等待的失落、像奢侈的要求

第 376 首．溫暖的陽光

陽光一如既往的
照耀大地
在一定的時間
給人溫暖
讓你在憂郁的日子裡
生活開朗
人生難免歷經挫折
生活難免遭受苦難
要有自信和勇敢
面對人生中的陰影
因為轉個身背後
就有陽光
沒有一朵花能永遠
在陽光下綻放
沒有一隻鳥能永遠
在黑暗中飛翔
就像一個人不能
遠離人情的溫暖
遠離陽光

第 377 首 . 讓愛不再沉默

你快樂的樣子
美麗的笑容
讓人看了很心動
我為你唱出了情歌
讓愛不再沉默
不知
你聽了會不會感動
我們把快樂拍成
美麗的照片
讓幸福放在心裡頭
我們把心串成了一串
然後帶著快樂
過著美滿的生活

第 378 首 . 新思想

在思想的天空翱翔
沉重的翅膀飛不出
變幻的山谷
在尋求美的方向中
失去了力量
在時間的夢想中
祈求文字的指示
懷疑黑暗中種種的跡象

天空曾是我自由的地方
大地有我生活的方向
現在它們不是我要的思想
現在我需要新的方向和力量
放下負擔輕盈的飛翔
在曙光初現時
帶著自信的目光
冷靜的思想
重新展翅飛翔
在清淅的目標中
尋找新的希望
創造出新思想

第 379 首. 朋友的難題

你給我出了一個難題
讓我反覆思索著該如何處理
我的朋友，我就在你身邊
即使天涯海角也如近在咫尺
因為我們是朋友
所以在危難關頭
我願意挺身而出，向你伸出援手
助你一臂之力

你低著頭悲傷、自責、情緒低落
我用關懷、支持、陪伴來協助你
解決你迫切的危機

許多人問我情緒的問題
問我如何辨識這些訊息
我覺得平時要多關心、鼓勵朋友
了解朋友的問題
才能辨識朋友情緒的訊息
了解這些訊息
才能適時的給予他們關懷和鼓勵
並能安撫他們情緒的不安和憂鬱
進而避免他們出現不滿的抱怨
和絕望無助的心裡

當朋友遇到難題
我們要盡力的協助和他一起討論分析

（繼續第 379 首.朋友的難題）
或是尋求其他親近的朋友
和家人來幫助他
先把朋友的情緒安撫下來
才有辦法進一步解決難題

第 380 首．努力和付出

你那麼辛苦的努力
是為了什麼？
謝謝你
對工作的努力讓
社會得以進步
謝謝你
對家庭的付出讓
生活美滿幸福
謝謝你
對朋友的幫助
陪他度過難關，不畏險阻
還有因為
你對自己的辛苦
從不抱怨、也不在乎

一種責任和榮譽的使命
隱藏在你心裡
有誰能失去你的照顧？
誰能想像你的辛酸和偉大？
誰能感謝你
給你應有的報答？是為了什麼？
因為
你從不計較也不在乎
因為
你總有許多理由
讓你可以為了別人
去付出

第 381 首. 解決問題

彷彿問題重叠又重叠，只剩下一個癥結，恐怕就在這裡，依
然需要耐心來處理
我們要把以前的問題，從複雜的疑問中簡單化
但是要注意簡單的問題，反覆的研究，只怕比原先更複雜，
造成更多的疑慮
所以我們要從小事做起，不要因為輕微而沒有盡力，而造成
大事的問題

我們要知道，假如生活中沒有問題
就是時間有問題
工作中無法創新，就是思路的問題
我們的問題在於我們是否真正的想要面對問題
我們要面對且不恥下問，並虛心的接納不同的意見，才能了解
問題
我們要培養觀察和審視問題的能力
以及需要更多的思索和行動來
了解問題
我們也要用不同的角度和理性來
解決問題

第 382 首．被遺忘的角落

即使在被人遺忘的角落裡
我們也要有自信的向前邁進
展現實力的走出一片天地
即使走向了目的也要記起
承諾負責到底
那種負責要有實際的行動
要下定決心解決所有難題

我們的困難在遺棄的夢裡哭泣
是忙中有錯、是被冷落的議題
表面的亮麗掩飾了失落的心
只有孤獨的風吹來涼意
我們只能在風中看著發育
不全的翅膀慢慢飛起
讓那些健忘的眼神
想起曾經冷落了你

第 383 首 . 愛情的花朵

是情人就希望開出
愛情的花朵
希望像玫瑰的熱情和真愛
希望像金針花的歡樂和忘憂
希望朵朵美麗的愛情可以
長久而不凋落
希望美好的愛情有結果
把情人當成朋友是最美的結果
能相互了解和彼此信任及親蜜的交流
還有能讓心靈綻放出美麗的花朵
把朋友當作情人，要耐心的
守候
要培養激情的感受、要有自信的承諾
及維持親蜜的追求
如果愛情像友情一樣
就不會有那麼多憂愁
而且還能維持感情的長久

第 384 首．理想的天空

小時候的天空是
幻想的天空
我們將什麼都想像成
新奇又好玩的遊戲
長大了的天空是
夢想的天空
我們將幻想變成夢想
想著一些無法創新的挑戰
不過我們還是想創新
靠一些常識和智慧
創造出人生的價值

我們將慢慢的在冷靜中
去改變思索的方向
因為我們了解妄想
是不切實際的慾望
而且它使人產生錯誤的思想
甚至與現實、文化相抵觸
且常不自量力的去強求
造成我們和別人的困擾

生命的奇蹟尚未發生前
我們還不知在何處的
想像之中
我們想像
上帝創造了生命

（繼續第 384 首. 理想的天空）
我們創造了科技和進步
我們在理想的天空遊走
思索著如何去奮鬥

第 385 首．赤子之心

我想知道
有些人在等待和渴望之間徘徊
卻不知自己想要追求什麼
我想拋棄
所有的憂傷和疑慮來消除心裡的壓力，讓內心得以平靜
我想知道
有些人在被鄙視被冷落後卻仍然
沉默無語

每個人都渴望一帆風順
然而世事紛擾，常不能如意
其實等待是一種幸福也是一種痛苦
它不是消極的守株待兔和不知所措
而是積極的主動出擊，加上一份努力
那是一份渴望成功的努力

有人說：「溪水欲流向大海而海浪欲衝往大地」
還有人說：「樹欲靜而風不止，子欲養而親不待也」
我們小時候渴望母親的擁抱和憫愛
在母親的懷抱裡是那麼甜蜜和滿足而沒有憂慮
這種赤子之心的甜蜜
唯有在孝和愛的世界裡
才能想像母親的等待和渴望以及
憂傷和疑慮
她為了我們不怕被人鄙視、被人冷落
而沉默無語

（繼續第 385 首.赤子之心）
而我們還有什麼疑慮來困惑自己？
我們眼前就有一位人生的導師
母親
她在等著我們重回她在懷抱裡
等著我們用赤子之心來面對
人生的疑慮

第 386 首．看戲的感受

影城的人潮時多時少
我們趁著空擋排隊買票
沒有辦法買到優待票
人數也超乎預期
限時的優惠也早已過了
我們的票在下一場開始
離入場的時間還早
我們先到附近的商場繞一繞
晚點再去報到
商場的購物正在打折促銷
我們也被吸引了買了不少
時間剛好我們準時入場報到
劇場裡我們找到座位
看到有人想要和我們交換座位
可是交換不了我們看戲的身份
看戲的心情
我們欣賞著劇情在高潮之間讚嘆
影片描述著一對情侶感人的戀情
一如所望的完美結合
那戲中主角歡呼的聲音
正與台下戲迷的呼聲相互呼應
即使我們換做是劇中人
也無法擺脫命運的作弄
無法改變現實的折磨
無法接受失去愛人的生活

第 387 首 . 享受和犧牲

沒有犧牲那來的享受
沒有付出那來的收獲
享受或許是幸福的
但不惜一切的犧牲
只會讓人感到壓力重重
當一個人失去了自我
完全為別人而活
這種犧牲只會為自己帶來痛苦
為別人帶來愧疚

每個人都有自己的生活
都應該為自己努力為自己犧牲
不應該只會享受而不顧別人
辛苦的犧牲

犧牲是一種光榮的使命
它付出的代價值不值得
還需我們來研究
如果能用智慧、勇氣、勞力
來創造光榮又有何不可
如果是為了這世界
為一生的使命而別無選擇
我們也要盡力的來
犧牲時間、利益、甚至生命
為神聖的使命做出一點貢獻

第388首．像天空一樣自然

站在窗前看著外面的天空
隨著想像的窗
用各種角度來欣賞
讓自己視野開闊
讓自己心情開朗
平時沒有煩惱也沒有慾望
為了生活努力的工作
心情沒有負擔
為了過著單純的生活，心靈自然而平淡

想起某個朋友的困難和煩惱
我站出來幫他分擔、給他鼓勵給他關懷
並且幫他度過艱難
另外一個「朋友」時常見面不是很熟
總以為對他坦然，他會把我當朋友
怎知他平常裝著跟人很熟，待人親切
且無話不說
私底下卻為了追求自身的利益
把別人當墊腳石
有次他有困難找我
我二話不說就幫了他的忙
不久聽人說起他批評我
說我幫他是有目的……
這種人還是保持謹言慎行為妙

（繼續第 388 首.像天空一樣自然）
就這樣我的生活有時很充實
有時也有點暗淡
心情像窗外的天空一樣自然

覃合理 詩歌集（上）

第 389 首．自信

要追求成功先要相信自己
不相命運安排的你
只有靠自己來突破
現實徘徊在我們的路口
我們不能低頭也
不能隨浪逐流
只有在現實中經歷挫折
為自己的前途努力奮鬥
最後才能改變自我、改變命運的折磨

我們相信用簡單的方法可以
解決複雜的問題
就像用理解力來做習題
不必用一知半解的記憶
複雜又無趣
我們要讓頭腦清晰
只有訓練分析歸納的能力

在成功的路途中很多是先天注定的
像我們的家世背景、聰明才智
你可以用來創造機會
而努力、自信和性格才是成敗的關鍵

當自信成為成功的翅膀時
請勿好高騖遠的任意翱翔
請仔細規劃自己的未來

第 390 首 . 你的創作

我聽到有些人談論起你
聽到一些耳熟能詳的熟悉
當你的光榮被肯定的時候
你又何必那麼謙虛和客套
你理應接受那些充滿熱情的讚美

你就這樣成功了
在寫作的創新中
在美好人生的路上
你一次又一次地付出了奉獻

你就是這樣的平易近人
你寫下許多詩還有你的用心
讓多少遊子迷途知返
雖然你在創作時有些孤單和寂寞
但你卻帶給讀者無數的歡樂

第 391 首 . 我愛大海

我愛大海、愛它的浩瀚無際
愛它浪花朵朵的驚奇
傾聽著海浪拍打的節奏
唱著變化迷人的樂曲
我要向大海學習
學會它寬廣的胸襟
學會它深度的智慧
了解它的語言
在訴說深奧的道理
我看清了海的遼闊
了解海的深度
卻無法看清自己的問題
因為
我無法遺忘傷痛的記憶
我在海邊看著起伏的波浪
像人生碰撞的浪花
高潮迭起、壯觀又美麗
我眺望遠方似乎領悟了
大海的奧祕
遠方使我看清了人生的目標
深處使我了解生活的壓力
它要我擺脫深度的壓力
向上浮起

第 392 首 . 彎曲的空間

我們的空間是彎曲的
我找不到你
因為
有許多的物質（質量）
把空間變彎曲了
我們的空間有許多的障礙
變得越來越彎曲
我們的心也越離越遠
也越來越生疏
我看不清你只能模糊的
看見你在招手，你好？
真好！那招手就是語言
我想讓自己快樂
心裡卻充滿許多的障礙
它們正在相互擠壓
扭曲了我時空的壓力
還是讓我們掃除阻礙
或者找一處沒有障礙的空間
讓時空不再扭曲
讓我們不要再有隔閡

第 393 首．用心的領悟

用心進一步追求或者
用正確的感官來感受
我們就能
有開闊的心胸來領悟
人生的奧祕
那神奇的力量引導我們
做一個夢或理想的追求者

只能改變的自我
站在煩惱中仰望著幸福
越是強求越不能知足
像浮雲漫無目標的在空中風飄浮
得到的只是空虛　唯有化作細雨
才能領略其妙處

讓昨天的迷惑隨風飄走
用今天的懺悔確定明天的奮鬥
我們的信仰還未有把握
我們在路上迷失了自我
高舉著慾念的旗幟
找不到大道的入口

在迷失的途中我們提前衰老
我們的心繼續做著惡夢
在夢與醒之間
看到了虛偽的人生

（繼續第 393 首. 用心的領悟）
但真實的也只是短暫的隨之
而過
唯有留下問心無愧的腳印
才能永久才算在真實的人生走過

第 394 首 . 喜歡的遐想

我喜歡平淡的生活
喜歡每個繁忙
又有活力的早晨
有時太陽露出了
微笑的光芒
有時躲在烏雲背後
讓大家千辛萬苦為祂找到
一處雨過天晴的天空
讓祂不再害怕的露出笑容

這些喜歡的遐想
常讓我們在忙錄中得到心靈的舒暢
緩解了些生活的壓力
想一想
如何在平淡的生活中
享有寧靜和自然的樂趣

第 395 首．生命像什麼

與其說生命像什麼
不如說什麼像生命
生命是音樂隨著
感情的起伏
生命是曇花瞬間
展現生命的光彩
而又瞬間凋落
留下美好的祝福
生命是自己走在一條
未知的小路
等待著不安和驚喜
有時也藏著難測的危機
生命的路途迂迴曲折
有些地方荊棘密佈
有些地方花研蝶麗
有些地方像無去路
有些地方果實豐富
但要注意安全因為
受傷了只能停留一下
思考後再看清楚
為了時間不停的趕路
很少停留欣賞駐足
一心想要趕往美好的道路
卻發現有有許多變數
或許等回頭時才能看清楚
其實心理早就有數

（繼續第 395 首. 生命像什麼）

要等經過才會領悟

時間是條不歸路

在年輕時就要看清楚

等到老了才能享福

第 396 首 . 尋覓

一再的去尋覓那些
美好的地方
難道可以看到被遺忘的
故鄉
在那無盡遼闊的草原上
我向曾想起了創傷
何需和言辭爭辨
損壞天空的思想

一些日漸衰老的歲月和回憶的嘆息
以及平時也不可避免的病痛
陪伴著我
我不想在等待中錯過那些美好的地方
讓我滿足探索美麗的渴望
想像它的樣子
流連在自然的美景中

帶著一些希望的種子
種在那些
美好的土地上
讓美好的人生找到希望
如果我一直尋覓美好的地方
內心卻空虛醜陋
我寧願在時間的河流裡
洗淨我的迷網
如果時間越來越冰涼

（繼續第 396 首．尋覓）
那是內心的疲累醜陋的現象
像那枯枝落葉的陰影
像那微風中吹落的慾望
我還有什麼言辭來爭辨
那些殘餘的想像

第 397 首 . 命運（上）

他從修行中感悟
自己的命運
心地善良的他承認
在這人生大道上曾犯許多過錯
有許多的遺憾無法改變
他在未聞道前造了
許多有害眾生的惡業
種了許多不好的惡因
得到今天的苦果自己承受
他知道只有誠心的懺悔
和「每日三醒吾身」
才能阻止惡因發芽成果
才能改變命運的苦果

他知道懺悔是一種喜悅的領悟
想起孔子說：「朝聞道，夕死可矣」
想起佛家說：「修行、懺悔、布施，自淨其意；已成定局的
業報便可重罪輕報，大苦輕受」
只要心中有佛 ：「放下屠刀，也可立地成佛」
他在佛前誠心懺悔、真實改過
並從此行功了願
定能使他
脫離惡運得貴人來助和佛祖保未完待續看：「命運下」

第 398 首．命運（下）

許多人沒有修行
只靠自己努力
卻能得到許多善果、許多成就
這是他前世修行的福報
和他祖先積來的功德
留傳給他的善報
他若是只承受了善果
未聞道修行
福報很快就會用盡
最後只有承受命運的折磨
因為
他只為了滿足自己
沒有
為大眾付出心力
為眾生解決煩惱
幫助眾生修行覺悟
所以變成惡運
我們只有靠聞道、修行、懺悔
行功了願、助人覺悟
才能有美好的結果。

第 399 首.她們的廚房天地

有了廚房，就有家的甜蜜
美味的廚房
是每個女人嚮往的天地
廚房裡有她們美麗的身影巧妙的雙手
優雅的姿勢做出了色香味
俱全健康營養的餐點

她們與廚房細心的相處
加深了與廚具的情感
選擇喜歡的顏色造型
及餐具給廚房一個
甜蜜的空間
並為自己佈置美好的細節
讓美味的時光
展現好的廚藝

把廚房當成是一個
幸福的舞台
它不僅是生活的重心
也是美食的天地
為家人
煮一頓幸福的晚餐
放輕鬆的走入廚房
給自己一份喜愛的心情
用心炒出心動的晚餐

第 400 首 . 有你在的時候

有你在的時候真好
你用微笑改變了我的生活

讓生活像欣賞大自然一樣美妙
我可以看到很多美景聞到花草的芳香
聽到蟲鳴鳥叫還有風吹動
樹葉沙沙的低語
但重要的是不只要用眼睛去看
耳朵去聽還要用心去感受

你了解我、為我打開心靈的窗
帶來溫暖的陽光
當我看著窗外的時候
涼爽的風突然來了
你陪我看著一朵白雲飄過
陪我散步在夏日的夕陽中
看著天空變幻著幸福的色彩
彷彿時間為我們停留
有你在的生活真好
我靜靜的跟著你走
你笑著牽起我的手
我們在黃昏裡 微笑的走過

第 401 首. 窮得只剩下錢

經濟通膨的老虎發威
他們窮得只剩下了錢
他們推著滿車的錢
才能買到一個麵包
雖然他們是億萬富翁
卻連吃飯也成了問題
成堆的錢放在推車上
也沒人會偷
因為偷了也沒用
像垃圾一樣買不了什麼東西
他們窮得只剩下錢
有錢也是萬萬不能

經濟崩盤的國家
負債太多、經濟衰退、外資出走
貨幣貶值
狂印鈔票的結果導至惡性通膨
同樣一大推車的錢
早上可以買四個麵包
一家四口勉強溫飽
到了下午只能買一個
有時排了很久還沒有貨

外資撤離
很多人失業
有工作收入的勞工

（繼續第401首.窮得只剩下錢）
希望把薪資改成食物
或者換成穩定的外幣
他們每天生活在錢多的
飢餓中
等外資援助或國家救濟
他們想離開家鄉到外國打工

第 402 首 . 沉淪的藉口

無知的小雨一直下
精神的雨林
找到了沉淪的藉口
精神的墮落
沉淪了多少執著和迷惑
向下沉淪的速度或許很慢
但我們的心已漸漸的
走入痛苦、無助的世界中

沉淪的藉口藏在我們心中
它不能讓
生活的折磨從此減少
憂慮的牽掛有所變化
痴情的迷惑得到解脫
貪婪舒適的享受獲得滿足
它讓我們了解
有些事情想想就好
沒有沉淪的必要

我們不能再自尋煩惱和貪婪的強求
我們要量力而為、知足常樂
才能不再沉淪和墮落

第 403 首．說謊的結果

騙得了一時，騙不了一世
我們都討厭說謊的人
也不怎麼同情善意的謊言
最不能容忍的是惡意的欺騙
和前後予盾的抹黑
說謊也許是容易的事
但認真的說謊也許更難
說謊有好有壞
好的說了有人不信
一定要加油添醋才有人肯相信
壞的說了有人信以為真
再怎麼解釋
也改變不了所要的幸福
所以還是誠實的話最容易
和人相處一定要坦誠相對
這是做人的基本原則
孔子曰：「人而無信不知其可」、「民無信不立」
我們要做到彼此坦誠
不說謊、不做對不起良心的事

所以很容易實話實說
即使犯了錯只要能誠心懺悔
誠實認錯
沒有什麼解決不了的事
也容易得到諒解
最後就是少說謊

（繼續第 403 首.說謊的結果）
因為
說謊後還需圓更多的謊
心理會有更多的掙扎與不安
說謊的結果
使我們失去了信用
得不償失

第404首．一個好人

社會上有許多人想要成為好人，每個人都想和好人在一起；跟古人「親君子而遠小人」的想法一樣。

那究竟有多少好人，又為什麼有人當不成好人。

我們來了解什麼是好人：「人之初性本善」，善良是人的天性；修養是善良的關鍵，而品德是善良的一道防線。品德好的人必定善良，相反的品德差的人，常不能克制自己而做出損德害人的事來。

誠信是做人的根本。人有別於動物，就是誠信二字。誠實不欺騙，言出必行；才能受人尊敬，才能在社會上立足，而發展出造福人群的事業來。

悲就是愛心和同情心。要有包容的愛，和悲天憫人的憐憫之心。能愛自己也愛別人。不論仇恨和罪惡，都能用愛感化。善良的人心中必然有愛。

盡忠，忠於自己、忠於良心道德、忠於社會國家、忠於父母家人、忠於職責、師長……等，最後一本初衷始終如一。

謙卑是學做人、做事的方法，它使人進步；讓人從中學到許多道理，也可令人反省，彌補自己的不足。

最後是勇氣，一個善良的人要有正義的勇氣，還要有耐心的和恆心；才能面對惡勢力的挑戰，才能保護自己也保護別人。

好人常感到心滿意足，過得不同凡響。我們從此決定安份守己的做一個好人。

第 405 首.希望之星

失去寧靜的夜晚
隕落了希望之星
閃亮的夜空無法
追尋群星的言語
希望的挫折發現
樂觀的勇氣
坎坷的憂傷看盡
世態炎涼
卻看不透歲月的
滄桑
因為我們的心籠
罩太多的執著
過著幸運的生活
等待寧靜的夜來
安撫我們的夢
不管外面的風帶
來多大的烏雲
我仍然堅強的在
風雨中
寫下我的詩句
一首首
懂得樂觀的詩句

第 406 首 . 媽媽的等待

媽媽
今夜您別再等我
讓我安心的完成工作
彷彿您已經等了一生
一輩子您無怨無悔的等候

您忘了嗎？您已經累了
不再像年輕時那麼美麗活潑
我懂得慈愛的偉大
因為您為我付出那麼多
緣份注定我們為母子
我更了解您為我流淚很多
人群中您是那麼孤單寂寞

媽媽啊
沒有您那有今日的我
您不必再惶恐
您的小樹苗已在風雨中
長成了大樹不再懦弱
不再需要您來擔憂
您可以放心在樹下平靜的坐著
呼吸著幸福清新的空氣
享受我為您
帶來的孝順和歡樂

第 407 首．幸福的路口

你帶著還沒完成的美夢
趕著忽忽的步伐
來到幸福的路口
說著愧疚的心情、遲到的理由
希望我能諒解你無心的過錯
我們約定了幸福，我在幸福的路口等候
我穿著高雅、打扮帥氣
帶著可愛的禮物等待著美夢到來
我在路口張望期待著你的出現
時間折磨著我一直不見你的芳踪
等待的心情像黑夜的漫長和無助
等了好久你告訴我謝謝我為幸福等候
我們在各自的路口追求
幸福的美夢不經意的發現
幸福在我們左右
我們要好好把握 不要讓幸福溜走

第 408 首 . 學習獨立的生活

年少的時候離開了家鄉
完整的教育陪伴著我
平坦的人生讓我缺少獨立的生活
讓我的依賴學不到自主的感受
為了自己的人生方向常與父母
爭論不休
矛盾的心情讓我倍感困惑
離家的無奈是必然的經過
學習獨立調整壓力過著有責任的生活

家裡的房間仍然保留以前那些
陽光的生活
歡笑在裡面依依不捨像一幅畫
生動又活潑
畫中有我許多童年的習作
但我沒有流淚去懷念那些
美好的生活
我需要透過獨立探索自我
來面對生活的挫折
我選擇心境的轉變直接去體驗
沒有依賴的生活
煮一碗相思的紅豆淚水在眼眶
滲出增添幾分滋味難忍的感受

想起高中畢業以後和家人觀念的不同
想起大學的自由在獨立中為自己負責

（繼續第 408 首．學習獨立的生活）
想起工作以後穩定的感受
想起家中還保留以前歡樂的畫作
想起每個人生關卡都要自己去突破

第409首．學會逆境的生活

他想要學會過艱困的生活
給自己多一點磨練在逆境中成熟
他在順境中成長過著衣食無憂的日子
享受著安逸富足的生活
平常承受的壓力不大
但他懂得勤奮的努力來獲取成就
他平時節儉、生活簡單
過得知足又快樂
他珍惜眼前的幸福更懂得去幫助別人
讓自己也得到快樂
他在順境中並沒有因嬌生慣
養而
好逸惡勞也沒有變成膽怯
孤僻的性格
反而堅強獨立什麼苦都能吃
什麼困難也能承受
因為
他知道在順境中有良好的環境
更容易成功
中途的挫折也是必經的考驗
更能讓他居安思危
他已學會過逆境的生活
給自己多一點磨練並在逆境中成熟

第 410 首．回憶像首歌

回憶過去的歲月像一首首
美妙的歌它勾起了我的感情
儘管歌聲哀怨也會使我
想起一段開心的生活

摘下快樂的花朵
徜徉在溫暖的陽光中
徜徉在熱情的風裡頭
從憂郁的樹林走過
拾起甜蜜的果實
放下秋風中飄落的感受
尋訪山的神祕
傾聽大自然美妙的呼喚
似乎回憶的不夠深入
新的故事還在延續中

喜悅的心
跳躍著歡樂的音符
串起輕快的樂章
載著回憶的珍藏
摘下夢中的星斗
在人生的樂譜中
靈活的唱出
一首首生活的歌

第 411 首.一個不愛說話的朋友

他不愛說話，並不是他說得不好
只是他不想說太多
他並不內向學識人品也不差
只是隨著人生閱歷的增加
學起古人「言多必失」的方法
他認為這樣可以保護自己
也不怕說錯惹禍上身
把話說得更保守

有時「話不投機半句多」
當他認真說話時
被人從中打斷或者有人插話進來
還是感到對方提不起興趣
他便不想再說，變得沉默

還有到陌生的場合和一些不熟悉的人
或不同身份地位的朋友在一起
說的話也不多
因為他怕有想法的差距
所以說多了也沒用

他認為「話多不如話少，話少不如話好」
不愛說話的他並不代表他冷漠
反而有許多人喜歡跟他說話
因為他
懂得面帶微笑、懂得說話的禮貌

（繼續第 411 首.一個不愛說話的朋友）
專心的聽著對方說話
並提供了一點意見和稱讚
他是一個良好的聽眾
不愛說話的他
反而成為大家的好友
讓他覺得快樂

第 412 首 . 網上交流的話題

我們常忙於網上交流
讓我們和當面交談的朋友
話題變少很多
卻多了網路虛擬好友的問候
只因我們面對面聊天時
常帶著手機上網查看
而影響交談的情緒和內容
我們不該迴避現實生活
只接受虛擬的網路世界
而讓實際的情感感到冷漠

雖然網路的訊息和聊天
佔滿了平常的時間
反而覺得只是虛擬的情感
無法真實的操作而感到空虛
因為
我們減少了實際的生活交流
而無法得到真實的感受

彷彿在夢裡的青春，走向美麗虛幻的你
卻沒有見過你的面，按過你們家的門鈴
我們要調整上網的時間和心態
多接觸實際的朋友才能讓生
活過得
充實和快樂

第 413 首 . 改變的好處

不同於一般幸福的家庭
不同於傳統保守思想的人
你是一個勇於嚐試
來改變自己的成功者
肯於學習、不怕任何困難
不怕四面八方來的烏雲
就像我不怕你的要求
堅守自己的本色

改變別人很難
改變自己也不容易
因為你要改變自己時
同時也會要求別人改變
痛了自己、也傷害了別人
然後有人開始反對
雖然他們知道它是有益的
但為了尊嚴和傳統
只有抵抗到底

我們要了解
現實的狀況和保守的理由
用真誠的態度來感動他們
和他們做理性的溝通
讓大家都能了解
改變後的好處
而不是去強求

第 414 首．追求新事物

任何事物始終存在
一定的規律
雖然新事物不斷的出現
也是延續著不變的道理

我們面對新事物
要全面的了解
保持謹慎的態度
不能斷章取義、人云亦云
要有自己的主見
了解它實質的內容
了解它
決非一成不變的守舊思想

了解多少或用多長的時間
我們的腳步仍然要緊追不捨
付出具體的行動才能有成長的人生

第 415 首 . 不用羨慕別人

世界上我最欣賞的就是
從不羨慕別人的知足者
因為
過度的羨慕會
蒙蔽我們的心靈
讓我們變得不知足
不快樂

看到朋友
事業有成、家庭幸福、
子女優秀、有車有房
就羨慕起來見不得他人好
而且不知自我反省和努力
也沒把時間花在進步上
反而不滿的抱怨
這樣會讓羨慕變成忌妒
讓心靈變得不知足、不快樂

我們只有把羨慕
變成欣賞
並停止忌妒和抱怨
努力來付出及承擔
一切考驗
才能有正確的思想

（繼續第 415 首. 不用羨慕別人）
我們不用去羨慕別人
要了解自己所需要的
並守住自己眼前的一切
認清幸福滿足的方向
我們才會得到真正的
快樂

第 416 首 . 需要

需要
漫長的黑夜來迎接
黎明的曙光
需要
等待的時光來完成
一個人的夢想
需要
打開心靈的窗來迎接
成長的希望
需要
一個美好的生活來滿足
生活中幸福的想像

想像的幸福在我們生活中
我們是需要還是想要
想要的也不一定需要
有時用了沒有多久
便把它放一旁，不再需要
佔了空間也顯得浪費不少

我們需要的是
理性的消費、簡單的陳設
可以用的就不再買
可以修的就不丟棄
讓生活的滿足，處處充滿溫馨
讓需要的心情

（繼續第 416 首. 需要）
默默的養成節儉的習慣
讓需要
滿足生活的需求

第 417 首．美好的夜晚

秋風吹過樹葉飄落
大樹微微的顫抖
低垂的夜幕
彌漫著夜的香氣
美好的月光
照亮了大地
滿天的繁星點點
睜開了神祕的眼
似乎看到了
可愛的人們
在為家人的生活
四處奔走
夜來臨了
許多還在忙碌的工作中
重要的資料整理完畢
和月光共進晚餐
卷起生活的煩惱
沾上輕鬆的歡笑
送入幸福的口中
把快樂打包帶回可愛的家中
這些月光下可愛的朋友
似乎感覺到需要一些
悠閒浪漫的夜晚
讓他漫過傾斜的天空

第 418 首 . 家 的 溫暖

生活在沒有溫暖
就難以入眠的夜晚
您可知道
那些沒有家庭溫暖的人
他們的夜晚是多麼漫長？
他們的思念使黑夜流淚
他們的無奈使寒風傷心
他們的空虛使星月無法安眠

他們有些是孤獨寂寞的老人
有些是離鄉背井的遊子
還有些是為了理想出外創業的青年
他們遺憾的是什麼？
我想是
缺少一個溫暖的家
即使有些人事業成功、家財萬貫
卻和家人感情生疏關係不良而沒有
家庭的溫暖
有些人沒有伴侶也沒有孩子
他們或許會陷入情感空虛
的折磨和痛苦中
他們只有把善良的愛
奉獻給社會的大家庭給別人溫暖
同時也為自己帶來快樂

（繼續第 418 首. 家的溫暖）
所以成功不只是財富和功名
還需一個溫暖的家
家是我們出生的地方
我們在家的溫暖中成長
在家的幸福中
規劃了努力的目標和方向
讓我們的未來和理想有希望
家給了我們溫暖
同時也是我們歡笑
和悲傷的地方

第 419 首．善良的信徒

走進了一個信仰的東方
我們
經過了佛寺的大門
經過了道教的宮廟
經過了儒家的孔廟
是的
我們正跟著神明
繞境進香的隊伍
我們是走在一起
看熱鬧的信徒
我們在求平安
祈求神明來保佑
第一：事業順利
第二：身體健康
第三：家庭幸福
不錯結果令人滿意
我們都是善良的信徒
面對著多神教的東方
我們選擇做一個
善良的信徒
學習著菩薩的心腸

第 420 首 . 大地的感受

是的
這辛苦的豐收
全來自大地的愛
是大地
養育了我們
給了我們最多的恩惠
但人類卻恩將仇報的把
汙染的垃圾及有毒的廢水
和廢氣也還給大地
造成難以彌補的危機
讓我們也身受其害

人類的營養全來自大地
讓我們能健康快樂的成長
有十足的活力來
發展經濟和工業
卻把一大堆有毒
的汙染溶於土壤中
傷害了農件物
影響了水質和空氣
最後人類只能將
自己的屍體也還給大地

大地養育了我們
讓我們了解只要
有耕耘就會有收獲

（繼續第 420 首．大地的感受）
但在持續的破壞和汙染後
即使有更多付出
也無法得到滿意的收獲
因為
我們也種下了
不少的禍根和苦果

第 421 首.心胸寬廣的快樂

今天有什麼
不放心的牽掛？
不開心的煩惱？
就讓我們的心像
大海一樣寬廣吧！
讓我們的心像大海
一樣期待
沒有垃圾的汙染
沒有廢水的毒害
沒有狂風暴雨的侵犯

它有時風平浪靜
心平氣和
像溫柔美麗的母親
有時掀起狂風巨浪
像野獸一樣野蠻

有時命運的風
帶來
煩惱的海浪
帶來了苦難
讓我們的
執著陷入惆悵
使我們想起
海闊天空的舒暢
使我們順其自然的

（繼續第 421 首．心胸寬廣的快樂）
放下成敗的得失
體會到了
心胸寬廣的快樂

第 422 首. 如夢的愛情

過去有一段情未來有一個夢
現在的我們需要幸福和快樂
讓我們用美妙的音符
為未來譜出動人的戀曲
用甜蜜的聲音唱出
溫柔的情歌讓美好的
生活是光彩閃亮的人生

讓我們的想像如歌的情懷
似春天的花朵像深情的雨露
滋潤了我們的世界
像思念的情歌唱出難分難捨
讓我們期待如夢的愛情
是激動的心弦
也許夢中的情人即將到來
讓我們的心情像春天的陽光
充滿朝氣和希望

第 423 首．無心的一句話

無心說出的一句話
遭到有心的扭曲
存在心中的怨
是永遠難走出的陰影
讓你的心躲在風中寒著

打開混亂的心
我們停止了爭論
即然已經說出模糊了鮮明
不見得有所失言
讓失望的言詞遠走
或諒解言語的留下
讓心理作好準備

把該拋棄的拋棄
該遺忘的遺忘
讓該交談的春天近在眼前
讓和好的語言成為
我們永遠的目標

第 424 首．心情

心情好的人他到處走走
旅遊踏青帶著幸福和快樂
迎來希望美滿的春天
心情不好的人他不滿現狀
走不出困境籠罩的天空
情緒低落的迎來煩惱憂慮的
冬天
心情平靜的人他在樂觀中成長
他的日子平淡簡單
過著清心寡慾的生活
不去憂慮冬天也不強求春天

我喜歡心情平靜的人
他們用平常心看待人生的無常
我也想學心情好的人
在生活中把喜悅的心情傳染
為那些不知足、不快樂、常抱怨的人
帶來好心情的希望

第 425 首 . 我為什麼要寫詩

為什麼要寫這麼多首詩？
我每天
都在為人生的目標奮鬥
只要我寫得不錯
就有許多朋友們承認我
只要我走的路是對的方向
鼓勵的也許是鮮花
支持的也許送上水果

無論我能寫多久
總難免索然乏味
寫作的苦澀也只能自己承受
期待有一種永恆的快樂

儘管我常把生命的意義
和做人的道理寫入詩中
讓生命輝煌的度過
但是我期待有人能了解我
寫詩的用心
是為了讓迷惑的心
改成知足的快樂

第 426 首 . 故鄉的好友

好友從故鄉過來
在涼爽的庭園中與我聊天
歡笑在熱情的陽光下
呼吸著思鄉的空氣

他說起故鄉的風景好
樹木多、空氣清新
人多純樸故事也多
談到舊屋牆外的
一顆老樹
已喪失多年清晨的露珠
需要一些幻想來
滋潤逐漸枯萎的幸福
談到他愛鄉的自豪
為改變故鄉落後樣貌的努力
聽了令我敬佩不已
談起年長的幾位親友
已厭倦了溫暖的太陽
等不及天空最後的烏雲
他們的田已成一片荒蕪
聽了令我傷感淚眼朦朧

憶起以往的故鄉像春天的溫暖
使人易生懷念
此時想起故鄉的春天
想起栽培我茁壯成長的故鄉

覃合理 詩歌集（上）

（繼續第 426 首. 故鄉的好友）
像在呼喚著我回到故鄉的懷抱
等著我返鄉付出愛鄉的行動

第 427 首 . 快樂的心情

性感的雙唇
唱出美妙的歌聲
傳到我耳際
音響環繞在身邊
不曾間歇
吹動心湖起漣漪

迷人的笑容
引燃風趣的笑聲
熱絡了氣氛
快樂圍繞在四週
不曾停歇
顫動心弦的音符

我喜歡聽也喜歡看
陶醉的心情像
春天綻放的花朵
留戀在美夢中
若不能甦醒
千萬別喚醒我
讓我留戀在快樂的夢中

第 428 首．找一個幸福的背影

望著遠去的背影
不捨的轉身
任由落葉隨風飄零
留下美好的回憶
背影總是很單純的思緒
像一種難以名狀的落漠
飄渺在雲煙中
又徘徊在我腦海裡
忽遠又忽近
把我引進夢境中若即若離

臉上帶著彷徨與落漠
走在熱鬧的街道中
走入擁擠的人群裡
在尋找一個熟悉的背影
不知你是否在那裡

歲月模糊了我的雙眼
記憶抖落了我的過去
難以忘懷的過去在心中散開
而多年思念的心情莫名的頹喪
帶著空虛的失落和飄渺的快樂
期望找一個幸福背影的追求者

第 429 首 . 付出與回報

付出了奉獻
就不會要求有所回報
這種不求回報的愛
隨著時間的累積
反而奉獻更多
得到的回報也不少

假如付出只為了有回報
那麼「付出」有何意義？
我們又將變得多麼渺小？
我們常會在付出後斤斤計較
卻覺得別人的付出
是理所當然且習以為常
這就是自私的表現
缺少了愛的精神

這就是一種捨不得心態
只希望一「付出」
就會有更多的回報
是不該的抱怨
付出並不是要求
得到對等的回應
付出也不是一種交易
付出是心甘情願的奉獻
就算對方不領情也不該強求
也不能指責對方

（繼續第 429 首. 付出與回報）
要求對方和自己的想法一樣

付出是一種愛的表現
是一種奉獻的精神
也是一種捨得的智慧

第 430 首．靈感的風

靈感的風
輕吹過我身旁
久久不散的環繞
吹進了我心窩
它的到來使我心歡喜
因為我正為用詞所煩惱
使驕傲的思想來屈服

當我發現靈感已隨風散去
才知道胸無點墨的無奈
儘管有靈感的出現
來到我的面前
也難誘惑出
一些美妙的文字。

第 431 首 . 探索真理

探索了一生的真理
始終是保持著樂觀的態度
和學習的毅力

我常想任何事物皆有理可循
但要在真實的原則下
做出合乎邏輯的推理
合乎科學和自然的精神
合乎宗教信仰賦與
全宇宙和眾生命的神奇
合乎「道德經」：
「道，可道也，非恆道也」
「玄之又玄，眾妙之門」的
真理

我知道
樂觀是生命的動力
痛苦是人生的礙障
我了解
當人生遇礙障難行時
需要一片信仰的天空
我明白
只有真誠的信念才能
在信仰中找出真理
走向真實的世界裡

第 432 首 . 感謝父母

感謝父母
賜給我最美好的生命和愛的教養
在無數的叮嚀和關懷中成長
給予的愛也不曾期望我回報
辛苦的付出是多麼偉大
他們含辛茹苦數十年的任勞
任怨
終於把我養育成人
戴著滿頭青絲變白髮的牽掛
掛著慈祥的笑容滿是愛的皺紋
在幸福時光裡老去
就這樣一生的守候
完成了生命中那麼多感動的生活
催促我用成熟的果實
在收獲的季節裡
付出孝順中最美麗的希望

第 433 首 . 無常（1）

摘下一段段美好的時光
放在「永恆」的地方
看看有什麼樣的青春
就會有什麼樣動人的模樣

看到我們在短暫的生命中
名利會消失、身體會衰老
美麗會褪色、執著會變化

看到永恆的心存在於時光中
帶著真摯的熱情和善良的愛
領悟了無常讓新生命綻放出
喜悅的光茫

第 434 首．人生的道路

我們不能欺瞞別人
更不可欺騙自己
一時欺騙的言語
終將被人所拋棄
當我們走入枝繁葉茂的大地
春天的氣息就可證明
苦難已遠離
人生的道路
雖然曲折崎嶇但總有美麗
的天地
要維持一路的順暢
只有耐心的人才能通過
有人樂觀有人消沉
樂觀的人跨過了障礙
走向智慧的高峯
消沉的人走不出煩惱的線道
找不到真實的路口

第 435 首 . 看透煩惱

假如你有煩惱就要想開和放下
才能看透迷惑並進一步把它給淡忘
我們平常要盡量保持微笑
不要把眉頭深鎖
因為短暫的人生
還有很多酸甜苦辣等著你去品嚐

我們要打開快樂的窗讓心情開朗
讓溫暖的陽光進來
讓愛的雨珠滋潤我們的心房
讓我們走出苦澀的陰影
走向冷靜的風中
展翅飛越重重的難關

正知和正見的智慧可以減少煩惱
知行合一的修行能實踐道德和修養
讓我們了解人生的迷惑和空虛
才能有「真空和妙有」之心
才能「逢苦不憂，遇難不愁」

第 436 首 . 你說

你說
你喜歡我送來的
玫瑰花
像為你披上新裝
我說
你那害羞的臉龐
像玫瑰花綻放的
笑臉吐露了芬芳
溫柔的擺好姿勢
用那獨特的魅力
吸引著熱情的太陽

我喜歡你的模樣
也喜歡你的芳香
把一顆浪漫的心化做
幸福的玫瑰守候在你身旁
傾向你的愛情
為你寫下愛的詩篇

讓愛情像玫瑰的魅力
永遠保持最初的純真
即使是夢幻的飄香
也是我最羨慕的遐想

第 437 首．在夢與醒之間

在夢與醒之間不知不覺的
流浪
來到那段美好的時光
把最初的浪漫搓揉成
一團五顏六色的圖案
放在心裡閃爍著希望
在夢的夜裡
用幸福也用悲傷
來塑造一個詩意的溫床
過得不同凡響

將人生的短暫變成
偉大的夢想
讓茫然在時光中承受荒凉
讓每個清晨醒來都有快樂的陽光
在現實的世界裡享受著
辛勤努力付出的芳香和安詳

有夢多好
從前最愛做的夢
隨著時間的流逝
在燈亮、燈暗中漸漸遺忘
許多的人事都曾在夢中
徘徊、遊蕩
留下夢想
反覆的思量

第 438 首 . 打開孤獨的門窗

為了苦思冥想
有人喜歡關起窗
來誘惑靈感
為了混亂的心情
有人喜歡關上門
來沉澱憂傷
我喜歡打開
孤獨的門和窗
用我的孤單來
自我陶醉
多愁善感的時尚

我喜歡用咖啡、音樂、茶葉
來收集歡樂的珍藏
喜歡這些朋友
送來的心意
讓它佔滿整個房間
然後歡笑不斷
讓它在我心房內
慢慢孕育出
真實和自然

第 439 首．如果可以穿越時空

如果可以穿越時空
又如何在茫茫的人海裡
重新找回失落的自己
改變你爭我奪的過去

在時空的長河裡
我看到了過去的放蕩
未來的徬徨
現在的無知
時間是否能為我停留
在失望的時候
帶著希望
勇敢的改變方向

萬一時間留下來
也千萬不要將我遺忘
就讓我在時空的輪迴裡
好好的反省自己
好好的去彌補過去
好好的去珍惜
過一個沒有遺憾的時光

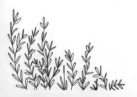

第 440 首 . 多情的太陽

我把心情擦拭得明朗光亮
並穿上美麗的新裝
打扮得雖不華麗但也端莊
我在興奮的等待、快樂的希望
我要等待春天的溫暖
多情的太陽

在等待的日子
雪花紛飛寂寞留白
大地凝重異常
在希望的時刻
綿綿情長夢裡牽掛
痴情久久難忘

誰問：
融雪為何流淚
花兒為誰愁悵
天空為何獨自
承受著荒涼
我道：
人間期待的相聚
是有情人的願望
多情的太陽聞聲而出
正緩緩走上山來
靜靜的站在山崗上
深情的望著我

（繼續第 440 首. 多情的太陽）
給我溫暖
像個天使的模樣

第 441 首 . 必經的成長

痛苦和歡樂可以在我的前方
但痛苦卻永遠在我甜蜜的身上
如果可以麻醉
時間一過心情依然扭曲愁悵
當它是偉大的思想書房
讓我了解人生的方向
在苦中作樂或下一番苦心
等待苦盡甘來的歡樂

當你心情沉重的時候
我會送你一篇寧靜的詩篇
當你迷惑或是悲傷
失去了溫暖的陽光
我會為你唱出歡樂的樂章
你會勇敢的改變方向
不再苛求人間的冷暖
不再任臉上的淚水
傷害了沉重的臉龐

那時我會陪你走出
痛苦的書房
然後輕輕的對你說
苦難與不幸
永遠是人生必經的成長

第 442 首 . 走過歲月

走過歲月我才發現
從幼童到少年、少年到青年
青年到中年一路跌跌撞撞
而在最失意的時候
卻只能自己面對
事已至此一切已不能挽回

崎嶇的人生坎坷的遭遇
沉重是我的
負擔
難過的日子感到莫名的
憂慮
有時要奮力向前
有時要勇敢跳過
到後來只能默默承受這個
破碎的希望

仍然帶著平淡的心情
我問自己以後的日子
要怎麼過
自然有新希望的陪伴
直到所有理想都實現
任何困難
不能阻曉這些希望
該如何達成
只有在人生的道路上勇敢向前

第 443 首 . 我們需要愛的溫暖

如果人間
每個角落都有溫暖
誰還會在意熱情的太陽
誰還需在暗夜中
去凝望閃爍的星光
誰還需在寒冬的角落裡
去尋找遮風避雨的長廊

誰希望
在一次又一次的
跌跌撞撞後
換來的是
不斷的被要求
要求必須
勇敢、獨立、堅強、
要求必須不怕被批評
也不怕壓力的訓練

我們
需要在風雨中
得到愛的溫暖
需要在黑夜裡
得到鼓勵的光芒
來照亮我們的心房

（繼續第 443 首. 我們需要愛的溫暖）

我們
需要愛的鼓勵和安慰
來轉變苦難和不幸
我們希望多一些讚美
少一些指責和批評
讓感謝的心
是發自內在的思想
讓接受讚美的愛得到滿足

第 444 首 . 靜下來吧

靜下來吧
解決浮躁不安和焦慮慌張的人生
我們要有隨時隨地
放鬆心情和鬧中取靜的本領

或許你的心裡存在著一個被人羨慕的超人
你的時間被佔滿且排滿了種種吸引人的活動
你的生活台階圍繞著一群遊蕩的蒼蠅
你的庭院的窗戶已佈滿了年代久遠的灰塵
你的身邊的空氣散發煩心的呼吸
你處理快樂的事情如同身在高處不勝寒

是的
這樣的日子確實難以激起你美麗的浪花
我們需要時間來安靜思考未來的方向和目標
我們可以在忙碌的空檔鬧中取靜
讓心靈進入一種寧靜的狀態
讓美好回憶和現在的幸福成為照亮心靈的陽光
並保持心中夢想的光茫
開始一段屬於自己的時光
把心情化為實際的事情
把事情化為簡單的行動
讓浮躁不安和焦慮慌張的
人生靜下來再出發
並試著和自己對話安慰和鼓勵自己
讓生命留白讓心情有紓緩的空間

（繼續第 444 首. 靜下來吧）
養成每天安靜的習慣
讓思緒清晰開朗完成未來的目標和方向

第 445 首 . 生活的希望

工作、看書、休閒
這是我目前生活的一個希望
其餘的堅強
只有勇往直前的去面對
我為什麼要先去了解修道和信仰
因為我要
了解那些理性的宗教還有祂深入的想法
了解祂是古非今的教義和今實際的現象
因為有些是善良的，我才願相信人生是完美的
這樣的道理非常簡單，我卻發現必須下定決心去探索才
能了解生命的真諦才能安穩的度過人生

人生有許多的困難和挫折
等待我努力的去克服
慾望對我來說也已失去吸引的魅力
因為我對物質的熱愛
已經對我的智慧帶來傷害
傷害了我無知的心
所以對物慾要知足
知足就能常樂
這是一種幸福
這正是我目前努力的方向
學習對物慾的淡薄
讓智慧增長
智慧增長了，心就能清靜，人就能自在
這本是我們原來的面目

（續第 445 首 . 生活的希望）
而它在我們的人生中也照亮了快樂的天空
使我放下煩惱

覃合理 詩歌集（上）

第 446 首 . 付出與給予

家庭給予我們溫暖
讓我們明白風雨的無情
父親給予我們勇氣的肩膀
讓我們有所依靠
光明給予我們希望
讓我們領悟黑暗中的徬徨
母親給予我們愛的撫養
讓我們有更好的成長

生命給予我們時間
讓我們去奮鬥
去闖出一些名堂
讓我們高枕無憂
讓我們睡著我們的夢想
和枕著我們的希望

善良給予我們信仰
讓我們修道
修出完美的思想
讓我們領悟修超生了死
然後渡化紅塵迷網

領悟給予我們智慧
能在塵世中「觀自在」
查看人間疾苦
查看花花世界虛無飄渺

（繼續第 446 首. 付出與給予）
查看我們自己的付出
只為的是自己多
而付出於別人少
查看得道者
付出的只為眾生
不為私己

第 447 首 . 快樂的活

每天黃昏後
窗外
都有一群小孩在嬉戲
聽見歡笑聲哈哈掉落一地
聽見無憂無慮的童言童語
像小溪發出悅耳的聲響
嘩嘩的流向大河裡
把那些濃濃甜密的回憶
帶進每個人的心海裡
這些小朋友的笑聲
使我感到快樂感到有活力

這裡的人不多顯得冷清
平時也少有車輛往來
也許是開心的事不多
反而熱鬧不起來
也許是隨著歲月變遷
歡樂的記趣已漸漸冷漠
這裡的生活裡
沒有歡樂也沒有悲傷
像個寧靜的湖泊
沒有一絲漣漪

可是我知道
這世上有太多的歡笑
我們不應如此封閉

（繼續第 447 首. 快樂的活力）
但願這些童稚的笑聲
和孩子們的嬉鬧聲
能激起一些人心靈的漣漪

第 448 首 . 珍惜美好的生活

珍惜美好的生活就在前方
我從你眼睛裡發現了幸福的模樣
珍惜我送你的銀飾配上洋裝
突顯了你高雅的氣質動人的臉龐
珍惜你陪伴在我身邊
像飛舞的蝴蝶圍繞在我身旁

美麗的夢想雖在遠方
但可珍惜的心卻如此燦爛明朗
「珍惜」如明珠般的珍貴
在前方散發出幸福的光茫
珍惜努力的勇敢樂觀
不怕面對苦難獨立堅強
但並非苦難已經從此遠離

當古箏的琴聲優揚的響起
讓人陶醉又讓人感到淡淡的憂傷
你在風中輕唱著幸福的歌謠
眼睛開始閃爍著快樂的淚光
深情的站在庭院中央
歌聲飛揚另人心馳神往
於是忘了苦難和憂傷
想起幸福已在身旁
約束著愛的力量

第 449 首.為愛而努力

為愛一個人
而努力是值得的
愛是甜蜜的開始
美妙的遐想
它使春天的花朵
開出希望的色彩
使美麗的蝴蝶
翩翩飛舞
守候著一生的浪漫

愛既不能刻意保護
又不能疏於照顧
那麼就不要退縮閃躲
也不要曲意迎合

羨慕一朵花是簡單的
讓愛長成美麗的形狀
陪著你
讓你不再孤單

第 450 首．綠色的山林

綠色的山林看守著
大自然的優美和神奇
它的智慧
召喚著我們要為家園添上一片翠綠
它的經歷
告訴我們要為未來為環保而努力
它們在自然界中為理想而生長
要用綠色的使命埋下了希望的種子
等待開出希望的花朵
收穫著快樂的果實

它們
要向更高的山上出發
為後代子孫爭取更多的自信
有意讓大自然展現出
生機蓬勃的活力

享受著大自然的恩澤
與大地的厚愛
傳播著新鮮的氣息
站在四季循環交替的變化中
唱出和諧悅耳的歌曲
改變著自己的容貌
打扮出大自然的美麗

（繼續第 450 首.綠色的山林）
它們
強調環保意識，節約能源減少浪費
呼籲低碳環保、減少汙染
願為大自然增添一份心意

第 451 首.仰望星空的夜裡

在仰望星空的夜裡
希望能坦然的面對生活挫折
希望能隨心所欲的化解許多
心中疑慮
在凝望遙遠的天際
看見大地被悲哀所籠罩著
感受到消極的思緒
是一片黑暗
比漫無目標的人生還要悲涼

懷抱著信心和理想
需要一些積極的生活照亮
希望的光芒
能夠在黑夜裡燃起智慧的火炬
讓我的心靈得到緩解和舒暢

重新打開光明和希望
指引著前進發展的方向
在未知的旅途中
迷失的路口上
想一些優揚的旋律
唱幾句快樂的歌曲
放下一些煩惱瑣碎的心事
能夠靜靜的聆聽著夜的訴說
訴說著一肚子的委曲
訴說著一片煙雨濛濛
圍繞的滄桑大地

第 452 首 . 教育和學習

世世代代的教育和學習
完全來自於愛心與耐心的表現
我們熟知的教育是在光明中
探索對黑暗的徬徨
被熱心感動的人士爭取要來講這道理
把誠信、謙虛、堅毅以及服從
和做人的基本道理簡單的分析
讓這個知識幫助我們人格成長的開始

學習離開是非或放下仇恨
並努力減少成長的錯誤
是對良心的洗禮也是本來的面目
親近誠實善良的人不與謊言交談
給我們一個學習的空間
讓我們不對虛偽和美貌有所偏好
面對誠實的考驗既不會沉默也不須冷淡
多一回甜蜜的謊言便多掀起一波苦悶的浪花
必須花費時間把欺騙的聲音隱藏著

無情的現實逼迫著我們充滿疑懼
對一些不良習慣也只有多反省
不要放任其自甘墮落
我們要在眾人的疑惑中堅守自己的尊嚴
教育子女保持最後的一點清白
減少在墮落的時代打罵免得適得其反

（繼續第 452 首.教育和學習）
教育與學習像循環日夜不停的交替
面對更進一步的教育
要注意愛心和耐心的培養
這世界總是需要一些教育的智者
來喚醒無知的生命
用身教還有言教來實行
我們要用靈活的方法進行教育
因此發現另一種生活並同時觀察
目的在於能學會自我教育
學習不須計較成敗要在乎的是品德的修養
要利用時間多陪伴家人多跟孩子作良好的溝通
並以身作則作正面的指導
讓要完成的品德修養對人生有所助益

第 453 首 . 平庸與平凡

誰也不想在平庸的
世界裡等待幸福
誰也不希望在消極的
日子中獲得滿足
人們試圖穿越
太陽照耀下的苦難
通向成功之路

當然平凡的能力
也能成就一番大事
但仍需在過程中
躍過重重難關
解決許多不可預測
及難以撐控的變數

許多平庸的思想
並非缺少努力和上進
而是處於被動的等待中
只要心靈還沒嚴重的怠惰
柔弱的身體還能承受折磨
辛苦的勞動也會有所收獲

我們不一定能很優秀
也不一定要自命非凡
但一定可以跨越
一個平凡的自己

第 454 首．生命的來臨

生命來臨時
祂給了我新生的希望
時光流逝時
祂卻帶給我沒落和恐慌
時光總是在無可奈何中離去
但祂時時關注著我的成長
讓我明白我才是祂的主人

風吹走過去的時光
吹不走心中朵朵的希望
雨淋溼現在的心情
卻淋不溼生命中的花香
比整個時光還沉的是眼前的方向
比整條路還坎坷的是心中的理想
讓唯一的時鐘
把時光
從痛苦的記憶冷卻
讓以前沒有的折磨
以後也不會再出現

我的心靈已掙脫了
時光的枷鎖
我的困惑正向未知的世界
勇敢的奔跑
我因此看見了另一種生活
了解要拯救自己

（繼續第 454 首. 生命的來臨）
必須先愛這個世界
同時心靈也該向外敞開
讓時光的法輪常轉
舉起生命中的火陷
照亮
苦難深重的生命影子

第 455 首 . 淚痕

流星雨般的淚痕
試圖穿越人心的
間隔
去尋找一個可以
撫平傷痛的肩膀
我若有所思的
拾起一片掉落的記憶
仔細端詳
乾癟的臉龐深藏著
痛苦的皺紋
成了最脆弱的迷惘

一片塵封已久的心靈
陽光深鎖而幽暗
他曾是那麼光鮮而明亮
微笑的臉上閃耀著希望
風雨中有他榮耀的堅強
春風裡開滿美麗的遐想

如今在流星雨的淚痕中
時時徘徊在昏暗的窗口
失去眺望著遠方的意向
他在命運的寒風中
承受難忘的情傷
就這樣流轉在
一片時光中的

（繼續第 455 首．淚痕）

離愁

無法走出迂迴的長廊

國家圖書館出版品預行編目資料

覃合理詩歌集／覃合理著. ─初版.─臺中市：白象文
化事業有限公司，2022.6
　　面；　公分
　ISBN 978-626-7105-50-4（上冊：平裝）

863.51　　　　　　　　　　111002751

覃合理詩歌集（上）

作　　者　覃合理
校　　對　覃合理
發 行 人　張輝潭
出版發行　白象文化事業有限公司
　　　　　412台中市大里區科技路1號8樓之2（台中軟體園區）
　　　　　出版專線：（04）2496-5995　　傳真：（04）2496-9901
　　　　　401台中市東區和平街228巷44號（經銷部）
　　　　　購書專線：（04）2220-8589　　傳真：（04）2220-8505
專案主編　李婕
出版編印　林榮威、陳逸儒、黃麗穎、水邊、陳婣婷、李婕
設計創意　張禮南、何佳諠
經紀企劃　張輝潭、徐錦淳、廖書湘
經銷推廣　李莉吟、莊博亞、劉育姍、李佩諭
行銷宣傳　黃姿虹、沈若瑜
營運管理　林金郎、曾千熏
印　　刷　基盛印刷工場
初版一刷　2022 年 6 月
定　　價　350 元

白象文化　印書小舖 PressStore　出版 · 經銷 · 宣傳 · 設計
www·ElephantWhite·com·tw　自費出版的領導者　購書 白象文化生活館